普通の底

月村了衛

講談社

普通の底

装画＝マナベレオ
装幀＝川名潤

第一の手紙

ただ普通でありたかった。

本当にそれだけなんです。他にはなんにもない。本当です。

そのなんにもなさがよくなかったのだと言われたような気もします。誰に言われたのかは覚えていません。父であったかもしれないし、母であったかもしれない。いいえ、やっぱり違います。二人ともそんなことを言うような人ではなかった。それは確かです。父は人間誰しも何かしらの取り柄があるから、おまえにも何かあるはずだとよく言っていましたし、母は母で、あなたにはいろんな可能性があるの、と言っておりました。もっとも母のそれは、いつも自分自身に言い聞かせているように聞こえました。

とにかく、ぼくが自分の人生について書くことになるなんて、今まで想像したこともありませんでした。その意味では、機会を与えて下さったあなたに感謝しています。

正直言って、最初はお断りしようと思いました。だって、ぼくにはなんにもないのですから。なんにもない人生なのに、書くべきことのあるはずがない。当たり前ですよね。

だけど、なんにもなかったはずのぼくが、どうしてこんなことになったのか。今まで大勢の人に訊《き》かれましたが、自分でも分からないことを、ちゃんと伝えられるわけ、ないじゃないですか。

そこで、待てよ、と思ったんです。口で言おうとすると、なんとかうまく言おう、いいように取り繕おうとするあまり、気ばかり焦って、どんどん言葉が遠ざかってしまう。でも、ゆっくりと言葉を探しながら（勘違いしないで下さい。自分に都合のいいように書こうなんて少しも思っていませんから）紙に書いていると、もやもやとした頭の中が整理されて、自分でも分からなかった答えが見つかるんじゃないか。そんなふうに思ったんです。

だから今、これを書いています。書こうと決めたからには、生まれてからのことを、全部書くつもりで書いています。それも、多くの人がSNSでいつも書いているような文章とも言えない短い言葉の羅列や、ましてや友達同士の間で使う話し言葉とはまるで違った、ちゃんとした文章の言葉で書くつもりです。後でもう一度書くかもしれませんが、もしぼくに何かあるとしたら、この作文の能力くらいでしょうから。

だけど、まったくの書き言葉かというと、それもまた違います。ぼくはあくまであなたを想定し、あなたが目の前にいるように書いていくつもりです。実を言いますと、ここまでの過程で何枚もノートを破り、書き直し、ようやくそれが自分にとって一番書きやすい方法であると発見するに至ったというわけです。

早速始めてみます。

ぼくの名前である川辺優人《かわべゆうと》の「優人」は、母の絵美子《えみこ》が決めたそうです。父の義昭《よしあき》は義春《よしはる》とか義正《よしまさ》といった名前を考えていたらしいのですが、母はそれらを「古い、昭和感まる出し」と嫌がって、強引に決めてしまったのだと父方の祖母から聞かされた記憶があります。一事が万事ということわざを小学校で習いました。このように、母はどんなことでも自分の意見を押し通そうとする人でした。大抵の場合、父は反論を試みるのですが、全部言い終わらないうちに母が強い言葉で主張を繰り返します。それでいつも父が折れることになるのです。

だからといって、母が特別頑《かたく》なな人であったというわけではありません。母はどちらかというと普通であったと思います。友達の話を聞いている限りでは、みんなの母親も似たような感じだったからです。ぼくの家の場合、むしろ父の方が変わっていたと思います。どう変わっていたのか、それはおいおい、思い出すつど、書いていくことにします。

言い忘れましたが、二〇〇一年にぼくが生まれたとき、父は三十四歳、母は三十一歳でした。二人とも同じ会社の社員で、いわゆる職場結婚だったそうです。そんな大企業ではありません。中堅よりも少し下くらいの総合商社でしたが、よくある同調圧力で、母は会社を辞めざるを得なくなりました。寿退社。結婚した女性社員は退社する。それが当たり前だという空気だったそうです。そのことがよほど悔しかったらしく、母は何かにつけこぼしていました。ときには、自分の方が父より出世していたはずだという意味の言葉を、父の前で言ってしまうこともありました。子供心に、それは口にしちゃダメだろうと感じましたが、ぼくが言うと母がいよいよむきになるのは分かっていたので、聞いていないふりをするのが常でした。また父の方でも、おもちゃに夢中になっている(というふりです)ぼくの方をちらりと見ては、安心したような表情をしたりしてましたから。

幼稚園に入る前後のことは、あまりよく覚えていません。今にして思えば、ぼくは母に連れられて幼稚園受験のための教室に通っていたので、当のぼくには「お教室」と「幼稚園」の区別がついていなかったせいでしょう。そんな教室に通っていたくらいですから、母はぼくを有名幼稚園に入れたかったはずです。父はどちらかというと乗り気ではなかったように思います。「幼稚園なんかどこに行っても同じ」というのと、「たとえ合格してもうちにはそんなところに通わせる余裕はない」というのが主な理由でした。そのことでよく口論していたのを覚えています。逆に言うと、覚えているのはそれくらいで、あとは夢のように消えてしまったんじゃないかと半ば本気で考えたりもしました。

結局ぼくは母の望んだような幼稚園には受からなかったのだと思います。下見に行ったいくつかの幼稚園のどれでもなく、その頃住んでいたマンションから一番近い幼稚園に通うことになったからです。私立でしたが、試験も面接もあってないようなもので、お受験失敗組が最後に駆け込む受け皿のような園でした。

幼稚園ではひたすらお行儀よくしていました。園長の婆《ばあ》さんがやたらとプライドの高い人で、自分の意に沿わない園児に対し「当園にはふさわしくない子だ」と言うのが口癖でした。子供からそれを耳にした親が抗議しても、「自分はそんなことは言っていない」と平然と嘘《うそ》をつくのです。複数の証言があるのでバレバレでしたが、本人はまるで気にもしていませんでした。「程度の低い子供の親は当然程度が低い、ゆえにそんな者達に何を言われようと問題ない」とでも考えていたのでしょう。一部の親達が「こんな底辺レベルの幼稚園で何をいばっているんだ」と呆《あき》れ顔《がお》で陰口を叩《たた》いているのを聞きました。もちろん偶然にです。決して盗み聞きしようとしたわけではありません。

幼稚園では同じ園児と普通に遊んでいたと思います。でも、心から楽しかったかというと、そんな記憶はありません。ただ普通に、遊具で遊んだり、おにごっこをしたりしていただけです。要するに園児なりに時間を潰していたということでしょう。だから帰る時間になると、迎えに来た母と一緒に、素直に帰途に就きました。「もっと遊びたい」とか駄々をこねることなどありません。他の子もそうだったように思います。

何人かは仲のいい子もいたのですが、それもよくよく考えてみると、子供同士の仲がいいというより、母親グループの関係に左右されていたように思います。後で知ったのですが、ママ友のグループというのは、一般に想像される以上に厄介で厳密で容赦のないものであるようです。生活レベル、つまり夫の社会的地位や収入であったりとか、住んでいる地域、ごく狭い範囲の話ですが、そういうものであったりとか、いろんなパラメータがあって、とても一言では説明できません。より正確に言うと、ぼくにも全部が理解できているわけではないのです。

園の外で遊ぶときは、必ず母親同士でアポを取り合ってからでなければなりません。子供が勝手にお互いの家を往《ゆ》き来するなんてことはなかったし、それが当たり前だと思っていました。父にはそれが不満のようで、「自分の小さい頃は近所の子供が自由に集まって遊んだものだ」とよく言っていました。すると母は、そんなのは昭和の話だ、と小馬鹿にしたような口調で返すのです。もちろんぼくは例によって黙っています。もし父の肩を持ったりすれば、かえって激しい言い争いになることが分かっていましたし、そもそも、何事も母の側に立つのが得策であると子供心に感じていました。

小学校に上がる直前、ぼく達一家は西東京《にしとうきょう》市の一戸建て住宅に引っ越しました。父の会社の住宅購入支援制度が翌年から廃止されるというので、慌てて購入したのです。父方の祖父が頭金を出してくれることになり、父が住宅ローンを組みました。この機会を逃すともう家を買う機会はないと考えたらしく、母も購入に賛成でした。それでも最後まで二十三区内にこだわっていたとずいぶん後になって聞き、母らしいなと思いました。

一戸建てといっても、典型的な建売です。道路に面して駐車スペースと玄関、一階に浴室と洗面所、サービスルームと称する物置。二階にトイレとリビングダイニングキッチン。三階に六畳と五畳の二部屋。申しわけ程度のバルコニー。それだけです。まったく同じ外見、間取りの家が三軒並んでいて、その真ん中がぼく達の家でした。もとは大きな家が建っていたそうですが、持ち主が高齢化して売却し、一軒の跡地に三軒が建てられたのです。近所には似たような建売が多く、同じ家の並ぶ合間に古い大きな民家がぽつんぽつんと建っている、なんだか奇妙な街並でした。それでも幼稚園児のぼくには、何もかもが珍しく新鮮で、子供らしくはしゃいでいたのではないかと思います。

家を買うという大イベントがあったので、母も小学校受験まで手が回らなかったのでしょう。何校か形だけ受けましたが、いずれも不合格でした。言ってみれば、それらは母の精神的アリバイ作りのようなものです。どこも受けさせなければ後々まで悔やまれるが、受けて落ちたのならぼくのせいとして自分は納得できるという理屈です。どっちにしたって、幼児だったぼくにはどうでもいいことです。三階の五畳間が自分の部屋として与えられ、普通に嬉しかったのを覚えています。

そして、一年生になったぼくが通うことになったのは、近くの公立小学校でした。一学年に三十人前後のクラスが三つ。ごく標準的な規模の学校です。ぼくは一組になりました。

一年生の担任はどのクラスも若い女性でした。でも、二組の先生は入学式のときからなんだか様子が変でした。暗い顔をして、生徒達を見るどころか、誰とも目を合わせようとせず、式の間中ずっと俯《うつむ》いているのです。ぼくは二組じゃなくて本当によかったと思いました。名前は忘れましたが、その先生は一学期の途中から学校に来なくなったらしく、副校長先生が一年二組の臨時担任になりました。その女の先生は夏休みの間に退職して、二学期からは副校長先生が正式に二組の担任になりました。

小学校は基本的に退屈でした。勉強のできる子もいれば、そうでない子もいる。何人かは、しばらくすると学校に来なくなりました。面白くないところだから、別に来なくても普通かなと思いました。なにしろ一年生ですので、「不登校」といった概念はまだ知りません。

一組の担任は大木《おおき》先生という人でした。いつも笑顔です。でも、なんだか変な感じがありました。笑っているのに、笑っている感じがしないのです。まさか実際に触ったりはしませんでしたが、もしその顔に触ったら、プラスチックのような感触だったのではないかと思います。

保護者面談は大抵母が行くのですが、一度父が行ったことがありました。戻ってきた父は呆れたように言いました。「あの担任、絶対やる気ないだろう」と。父は「クラスにいじめはないか」とか、「息子はみんなと仲よくできているか」とか、そういうことをあれこれ尋ねたそうなのです。しかし大木先生は、何を訊いても同じ笑顔で「大丈夫です」「みんな仲よくしています」「私達がしっかり見ています」と、その三つの答えをランダムに繰り返すばかりだったと言うのです。ぼくには父の言っていることがよく分かりました。だって、それがいつもの大木先生なのですから。

今ならもっと分析的に述べることも可能です。つまり大木先生は、誰ともまともに向き合っていなかった。そうする意志さえなかったのです。ただ給料分の仕事をこなす、厄介事はなんとしても避ける、親からのクレームさえなければいい。そういう確固としたポリシーでやっていただけなのです。教師だからといって、別に他人の子供がかわいいわけではない。仕事だからやっている。それだけです。

大人になって実際に教師になった同級生から愚痴を聞かされたことがあります。公立の小中学校という職場は本当にブラックすぎて教師のなり手がいない、他に職を見つけられなかった者が仕方なくやっているだけだと。一流大卒で教職を志望する人材はみんな有名私立校に職を求めるんですってね。生徒も私立に集まるはずですよ。まあ、そういうわけでやる気のない教師は定時になるとさっさと帰ってしまう。部活の顧問なんて完全なサービス残業ですから当然誰もやりたがらない。もちろんみんながそれでは学校の運営は崩壊します。なので責任感のある一部の教師にすべてのしわ寄せが来る。当然ながらそんな状態でいつまでも保《も》つわけがない。心ある教師ほど心身を病んでしまう。学校側もそれが分かっているから、多少問題のある教師でもあまり文句を言えないのだと。

つまり大木先生が特別だったわけではないのです。公立の小学校ではほとんどみんなそうだったというだけです。むしろ、異様にやる気のある先生の方がよほど特別でした。やる気があるだけならいいのですが、そういう先生に限って、自分の価値観を押しつけようとする。自分が間違っているなんて想像したこともない。いえ、そんな想像力なんて最初から持っていないのです。だから自分の気に入った子供を露骨にひいきする。そうでない子供には陰湿な嫌がらせをする。なんのことはない、いじめをするのは生徒だけに限らない。教師だってするんです。教師は大人だからごまかし方がうまいだけなんです。

自治体の制度にもよるのでしょうけど、特に長く居座っている定年間近の男性教師なんて、地元の有力者と昵懇《じっこん》であったりしますから、校長も見て見ぬふりをする。教育委員会の通達も気にしないし、教育委員会の方だって、本気で指導しようなんて思っていない。長年の仲間だし、地元有力者の方が大事ですから。なのでそういう教師は、セクハラやパワハラのやり放題です。なにしろ価値観が昭和で止まっているので、自分の言動が不適切だなんて絶対に認めない。女子には「いい嫁さんになれよ」とか平気で言っていましたし、特にかわいい女子の頭を撫《な》でたり体を触ったりしていました。みんな何も言いません。言っても無駄だと知っているからです。言わずに心の中でバカにするのです。ケータイを持っている六年生は、その教師を掲示板で『昭和オヤジ』と呼んでいたそうです。そうしたことは六年生の姉がいる同級生に聞きました。そのときぼくは三年生でしたが、当然だろうと思いました。

だけど、今にして思えば、そうした教師達を心底うらやましいとさえ思います。だって、彼らはそうした、限定的な環境下ではあるが比較的「自由で」「安定した」境遇であったからです。それがどれほど恵まれたものであったか、多くの者が望んでも得られぬ特権的な立場であったか、子供であり生徒であったぼくには、想像することさえできませんでした。生徒達に内心バカにされるのは不愉快ですが、その職に就くことによって得られる安逸には代えられません。だからこそ教師達は、トラブルを嫌い、保身第一を信条として勤めていたのです。

三年生、四年生と学年が上がっていくにつれ、生徒間の階級差が明瞭になってきます。いや、それは一年生のときからあったのですが、「ヒエラルキー」あるいは「スクールカースト」といった概念を知らず、そうと認識できなかったというだけです。

でも、そういうのって、とにかく面倒くさいですよね。

ぼくは最初から意識的に真ん中の階層にいようとしました。完全に大多数の一人です。特に注目されもせず、変にいじられもせず、最も安心できるポジションであるとも言えます。友達も当然同じ階層の者が集まります。友達といっても、休み時間に話したり、多少ふざけ合ったりするだけの関係です。

だったら友達なんて必要ないじゃないかと言われると、そんなことは絶対にありません。休み時間に話し相手がいないとか、体育や校外学習でどのグループからも声がかからないとか、最悪じゃないですか。それはつまり嫌われているとは言えないまでも、敬遠され、孤立しているということ、さらに言えば、いじめられっ子予備軍であるということで、そうした事態は絶対に避けねばなりません。それが最低限の処世術です。だから友達は必要なんです。

趣味が同じであるとか、家が近いとか、部活が同じであるとか、そういったことは、あってもいいけど、必須ではありません。もっと緩いつながりでいいんです。その方が気楽ですし、どうせ周囲に対するアリバイみたいなものですから。第一、ぼくには趣味と言えるようなものなんてありませんし。

いいえ、もっとよく考えてみると、周囲に対する、というより、自分自身に対するアリバイだったような気がします。自分はクラスで浮いた存在ではない、どこも変わったところはない、普通の人間なんだって。そうです、そのためにこそ友達は要るんです。

誤解されないよう急いで付け加えておきますが、友達を見下しているとか、利用しているとか、ましてやバカにしているとか、そういうことではありません。友達は傷つけたくないし、大切にする。ずっと仲よくしていたい。

そんなこと、口に出して言うまでもなくお互い分かっているんです。その上で互いに束縛しないような、緩い付き合いの方が楽でいいと思っているだけなんです。

言ってみれば、互いに負担とならない付き合い方です。それこそが、本当に相手を思いやる友情と言えるんじゃないでしょうか。あなただって、「友達」の誰かから迷惑をかけられたら嫌でしょう。「いいや、それを引き受けてこその友情だ」なんて、自己満足の偽善でしかありません。みんな分かっていることですよね。他人の負担にならない、また他人から厄介事を持ち込まれない程度の距離。その関係性を、「普通」というのではないでしょうか。だからぼくは、普通が一番だと思うのです。

四年生のときにクラスを掌握していたのは、男子は菊地《きくち》、女子は藪井《やぶい》でした。二人ともルックスはまあまあでしたが、社交的な上に、体育、特に球技が得意で人気がありました。この二人のどちらか、もしくは両方に嫌われると、必ずいじめの対象になりました。いじめといっても、みんなで暴力を振るうとかいったものではありません。そんなの、すぐにばれるだけです。ああいう人達のいじめは、必ず言い抜けられる口実を作ってから、分からないようにやるのです。みんなで無視したり、持ち物を隠したり、先生からの連絡事項を伝えなかったり、やり方がいろいろあって、今思い出しても巧妙極まりないものでした。

菊地も藪井も、そういうやり方を熟知していました。自分の手を汚すことなんて絶対にありません。ただ「誰それって、最近ウザくね?」とか「チョーシ乗ってね?」とか、取り巻きに一言漏らすだけでいいのです。次の日には、その誰それがいじめの標的になっていて、その子は登校して初めて、自分に対する周囲の態度が変わっていることに気づくのです。

クラス替えがあり、担任は大木先生ではなくなっていましたが、同じことです。やはりいつもにこにこしている女性の先生で、その笑いは大木先生とそっくりでした。先生達は百均で同じお面を買ってきて、それを被《かぶ》ってるんじゃないかと本気で思ったくらいです。だからいじめになんて絶対に気がつきません。仮に気がついたとしても、「気がつかなかった」「見えなかった」「自分に落ち度は何もなかった」と心から信じられるような人です。ぼくのクラスだけじゃありません。どのクラスでも、どの学年でもおんなじです。

そのため、統計上はいじめがないように見えていたと思います。「いい子しかいない模範的な学校」です。もちろん、たまには大きなケンカもありましたし、いじめを訴える子もいたと思います。それをみんなが寄ってたかって「なかったこと」にするのです。みんなが一番恐れているのは、「いじめがある」「いじめをしている」と非難されることです。大事なのはそういう非難をされないこと。その点で、教師と生徒の利害は一致していました。いじめられている子の親が学校に文句を言いに来ても、教師は「そんな事実は認められなかった」と言うだけだし、生徒も全員でそう証言します。もし一人だけ、「いじめがあった」なんて言ったりすると、今度は自分がいじめの対象になるだけですから、絶対に言うわけありません。

アンケートを採られることもありました。でもそれが〈トラップ〉であることくらい、みんな承知しています。「いじめがあった」とか「いじめを見た」とか書いた子が呼び出され、教師達から「勘違いだろう」「見間違いだろう」と繰り返し言い聞かされる。そしてその子の名前は必ずリークされます。誰がやっているかは言うまでもないでしょう。内部告発者は必ず報復される。学校でも、会社でも同じです。社会ってそういうものだということを、ぼく達はそこで学んだのだと思います。

とにかくそうなると、抗議に来た親も首を傾《かし》げながら引き下がらざるを得ない。いじめられていた子は、いつの間にか学校に来なくなる。それで終わりです。そしてまた別の子がターゲットになる。考えてみれば、それは生徒達にとって、カタルシスのある〈遊び〉ではなかったでしょうか。みんなでやるおにごっこが少しアップデートしただけの、単なる遊びです。あるいは、節分の拡大版でしょうか。「鬼」の役に当たった誰かに、みんなで豆をぶつけて外へ追い出すんです。そんなイベントでもなければ、みんな息苦しくてやっていられない。そういう、一種の閉塞感みたいなものがあったのは確かです。

菊地や藪井は、人一倍そうした空気に敏感で、それを操ると言いますか、乗るのが得意だったんじゃないでしょうか。サーフィンなら波に乗りますが、いじめは空気に乗るんです。それこそサーフィンとおんなじで、乗っている者は楽しいからやるんです。それだけです。飽きたらそれぞれ家に帰ります。遊びって、そういうものでしょう？ 「空気を読むこと」がいかに大切か、それだけでもう明らかです。逆に言うと、「空気を読めない者」はいじめられ、排除されても自己責任でしかありません。普通の人ならみんな知っていることです。

ぼくはもちろんみんなに従います。一人だけ目立つことはしたくないし、みんなに合わせていれば間違いないのです。普通の人はみんな理解していることだと思います。

正直、菊地も藪井もひどいなと思ったことは何度かあります。自分が特権階級にあると自覚してやりたい放題でした。ムカつかなかったと言えば嘘になります。でもそんなこと、絶対誰にも言いません。自分が次のターゲットなんかになりたくないし、むしろ、菊地や藪井と適度にいい関係でいたかった。つかず離れずという距離感が理想です。親しくしすぎるとメリットがある反面、地雷を踏むリスクも高まるから。何事もほどほどがちょうどいいんです。

五年生の一学期、五十代半ばくらいでしょうか、比較的歳《とし》を取った先生がクラスのみんなに作文の課題を出しました。どんな題材だったかは忘れました。たぶん、自由に好きなことを書いていいというものだったのでしょう。自由に書け、という課題は、一見やりやすそうで、実はぼくには最も嫌な種類のものなんです。作文に書くことなんて何もありません。「何々について書け」とか言われた方がよっぽど楽です。

なぜそんな話をしているかというと、ぼくはそのとき、ひとつのミスをやってしまったからです。書くことがないあまり、適当な文章を延々と書き連ねて提出しました。そういう作業は、ぼくにとって、実はまったく苦にはならなかったのです。

そんな調子で適当にひねり出したので、何について書いたのかすら覚えていないくらいなのですが、その作文がジジイ（その教師は陰でそう呼ばれていました）にえらく褒められてしまったのです。「川辺君の作文はとてもいい」と、みんなの前で絶賛されました。「文章がしっかりしているだけでなく、対象をよく見つめて、自分の言葉で考えて書いている。これはとても素晴らしいことだ」と。やめてくれ、と心の中で思わず叫んでしまいました。そういう形で目立ってしまうと、いいことなんて何もありませんから。

最悪なことに、ジジイはこうも言いました。「それにしても川辺君は大人びた文章を書くなあ。きっとおマセなんだねえ」と。クラスのやつらは声を上げて笑いました。ジジイは自分の発言がウケたと思ったらしく、みんなと一緒になって嬉しそうに笑っていました。ぼくも曖昧な感じで笑っていたと思います。

死語に近い、と言うより死語そのもの（なぜか死語であることは分かりました）の「おマセ」なんて意味不明な言葉の語感が、お笑いの人のギャグみたいに聞こえたんでしょう。でもジジイは全然分かってなかったし、ましてやクラスの連中にはどうでもいいことです。「おマセ」の意味自体は誰かがすぐに検索しました。

その日から、ぼくは「おマセ」と呼ばれ、何かにつけてからかわれるようになりました。

「川辺、やらしい目でこっち見んなよ。おまえはおマセなんだからさあ」

みんなの前で藪井にそう言われたこともあります。言っておきますが、藪井にそうした魅力を感じたことなど一度もありません。この場合、事実は問題ではないのです。藪井は女子の世論を握っていましたから、反論なんかしたら逆効果です。ぼくはやはり、曖昧に笑うことしかできませんでした。

すべてあの作文と、ジジイのよけいな一言のせいです。しかもジジイは、その後も何かにつけては「川辺君はクラスで一番文章が上手だから」と繰り返すようになりました。それがよけいにみんなの気に障ったのです。

「おい、学級ノートはおまえが書いといてくれよ。作文が得意なんだろ」

スクールカーストの上位にいる奴らは、そう言ってぼくに面倒な仕事を押し付けるようになりました。

机やノートに「おマセ」とラクガキされたりもしました。このとき以来、ぼくは作文にはことのほか気をつけるようになりました。わざといいかげんに、ありふれた言い回しで、それでいてパターン通りに書くのです。型にはまっている限り、目立つことはありません。それが一番安全なのです。国語の成績は多少下がりましたが、みんなの注目を引き、いじめられるリスクを考えたら大したことはありません。

幸いなことに、ぼくに対するからかいは、いじめと言えるほどには発展せず、早期に終息しました。それは、同じクラスの坂上《さかがみ》君が、学級会で突如「みんなで小学生発明コンクールに参加しよう」と発言したからです。どうやら坂上君は、テレビか何かでそのイベントについて知り、とても触発されたらしいのです。太り気味だった彼は、発明コンクールの楽しさ、面白さについて、それでなくても丸い頬を膨らませて熱弁を振るいました。率直に言って自殺行為です。そんな面倒なこと、誰がやりたがるでしょうか。当然ながらその提案は全会一致で否決されました。坂上君が愚かだったのは、すぐに着席しようとせず、憤然となって皆を説得しようとしたことです。

その行為は、藪井の嘲笑を買いました。必然的に他の女子も藪井に従います。

こうして坂上君は「発明バカ」と呼ばれるようになり、その渾名《あだな》はすぐに「発明カバ」に変わりました。誰もがぼくのことなど忘れ、こぞって坂上君をいじるようになりました。ぼくは内心ほっとしました。坂上君に感謝したくらいです。その頃は違うクラスになっていた菊地もわざわざやってきて、「おいカバ、なんか発明してくれよ」と絡んだりしていました。

坂上君が無視していると、菊地の取り巻きが坂上君を小突き始めます。そしてそれはどこまでもエスカレートしていきます。坂上君は必死に抵抗します。菊地は何もしていません。ただ取り巻きがやっているのを見ているだけなのです。みんなも面白がって眺めていました。ちょうど新しい見世物がはじまったかのように。

たまに通りかかった先生が目撃して「何があった」と双方を問《と》い質《ただ》すこともありました。坂上君は泣きながら一部始終を説明しますが、彼が何を言おうと、先生は最終的に「ケンカ両成敗だ」とか言って強引に、且《か》つ適当に終わらせます。あくまで子供同士のケンカであり、いじめではないという意味です。アリバイ作りと言ってもいいでしょう。

それでも二学期の終わりくらいまで坂上君はじっと耐えていましたが、そこまででした。いつものパターンで、三学期が始まっても学校に彼の姿はありませんでした。それで終わりです。坂上君は不運でしたが、自業自得であったと言えます。クラスの空気を読まず、皆を刺激したこと。異質な者が排除されるシステムを理解していなかった。子供だからという言いわけは通用しません。だって、他の者はみんなわきまえていたわけですから。


六年生になると、中学受験する者とそうでない者とにはっきり分かれてしまいます。正確に言うと、四年生の半ばくらいから、中学受験を目指す生徒はすでに準備に入っていて、学校での勉強なんてもう眼中にないという空気をあからさまに発していました。

そんな生徒が五年生、六年生と進級するにつれて増えていき、後から受験対策を始めた生徒の親ほど、もう目の色が変わっています。出遅れた、なんとか追いつかねばと、子供の目にもそうと分かるほど焦っています。下校時間になると、自分の子を車で迎えに来て、そのまま進学塾に送っていくという親も少なくありませんでした。さらには、家庭教師を雇っている家も結構あったようです。

一番熱心だったのは菊地の親でした。金持ちだったのだろうと思います。五年生になった途端、菊地は複数の塾にかけ持ちで通い始めた上に、家庭教師も数人付きました。それに従い、彼は学校での授業をはっきりとバカにするようになりました。「こんなレベルの低いことやってるのは時間のムダだ」とニヤニヤしながら言っているのを何度も耳にしたことがあります。

逆に藪井は地元の公立に行くつもりであるらしく、あれだけ大勢いた取り巻きも、受験組の子はどんどん離れていって、放課後は藪井が一人でぼんやりしているところも見られたりしました。

藪井は特に金持ちというわけではなく、大昔の団地みたいな古いマンションに住んでいました。自称親友みたいな側近が減ったことを気にする様子などまるでなく、六年生の女子達に変わらず君臨し続けているようでした。

ぼく達の小学校では、スマホやケータイは校内への持ち込みを禁止されていましたが、安全と居場所確認の必要から、「キッズケータイ」の所持だけは認められていました。しかし、親が確認できるキッズケータイで友達とやりとりする生徒などいるはずもなく、高学年にもなると、主に女子を中心に、密《ひそ》かにケータイを持ち込んでいる生徒は少なくありませんでした。それを使い、彼女達は気心の知れたグループメールで会話するのです。

ぼくの前の席に座っていた女子の眺めていたケータイの画面が、一瞬だけ見えたことがありました。

「ヤブイってなんかムカつく」

「だよなー」

「どーせあいつはビンボー公立中。うちらは勉強がんばろ」

本当に一瞬だったのですが、そこに書かれていた内容は強烈でした。

表面的には、藪井に逆らうどころか、異を唱える者すらいない状態が続いています。にもかかわらず、知らないところでそんなふうに言われているのです。

ぼくはすっかり恐《こわ》くなりました。こいつらは仲のいいふりをしながら、陰で悪口を平気で言っているんだと。

当たり前だ、世の中はそんなものだと言わないで下さい。そのときのぼくらは小学生なんですよ。人から嫌われたくない。普通でいたい。ぼくはますますそう思うようになりました。

それまでは、成績のいい子、先生に褒められる優等生がいじめの対象になることがありました。学級委員に立候補するなんてもってのほかです。でもその頃になると、勉強や受験対策に熱中するのは「セーフ」ということになりました。「ルール」が変わったのです。なにしろ、それまで勝手に「ルール」を作ってきた菊地自身が、塾通いに奔走しているのですから。

ぼくはと言うと、人並みに塾に通っていました。受験専門の進学塾にもいろいろランクがありますよね。有名塾のいくつかは誰でも知っているでしょう。ぼくはそうした有名塾のひとつに入りました。菊地が通っているようなトップ塾じゃありません。有名には違いないのですが、トップ塾よりは少し落ちるといった感じのところです。

　もっとも、菊地は確かにトップ塾に行っていますが、そうした塾は頻繁に実施されるテストで厳密なクラス分けが行なわれ、真の一流校に入れるような生徒は一番上のクラスに集められるそうです。彼らは特待生として授業料も免除され、最高の看板講師が付きっきりで指導します。もともと優秀な生徒を一流中学に進学させ、合格実績を作り出す。他の生徒は塾経営の資金源でしかない。そういう仕組みになっていると、ＹｏｕＴｕｂｅで観《み》ました。そして菊地のクラスは、下から数えた方が早いようなランクでした。「下のクラスの連中が払う授業料で、オレらはタダで難関校に行くんだよ」。最高クラスの生徒達が、そううそぶいているとも聞きました。みんなが知っていることです。だからみんな、必死になって勉強するんです。損をしないようにと。少しでも得をするようにと。

　ぼくの母は、もちろん中学受験絶対派でした。それには父も同意見で、「がんばっていい中学に行け。今の日本は格差社会だから、ここで脱落するようでは話にならない。公立中学なんて教師もろくなのがいないからな」と言っていました。

　公立小学校に通っているぼくには、公立中学校がどんなものか、目に見えるようでした。「ろくな教師がいない」ことも想像に難くありません。トップと言われる有名塾にこそ入れませんでしたが、ぼくは入った塾でそれなりにがんばりました。成績も上がり、テストのたびに上位クラスへと移っていくことができました。そのつど、父も母も、とても喜んでくれました。今思えば、ぼくにとって、また両親にとって、最も幸せな時期であったのかもしれません。そしてついには、「難関私立中学合格圏にもう少しで手が届く」ところにまで到達しました。

とは言え、問題がまったくなかったわけではありません。普段の塾や模擬テスト、それに夏休みや春休みにある塾の合宿にはとんでもないお金がかかります。父の給料だけではまかないきれなくなってきたのです。他の家に比べてうちの収入が低いということはなかったはずですけど、日本経済が悪くなっているということは、小学生のぼくにも分かりました。だって、以前はうちに常備されていたパンやおやつ、果物といった嗜好品を、すっかり台所で見なくなりましたから。テレビで「日本人の平均身長が下がっている、体格が小さくなっている」というニュースを見た覚えがあります。言われてみれば、小学校の給食で満腹になったという記憶はありません。日本中がじりじりと貧乏になっていくのを嫌でも実感させられました。

加えて、うちには住宅ローンがありました。これが常に父を悩ませていたようです。「ローンさえなければなあ」。父はよくそう言っていました。「無理して家なんか買わなければよかった」と。

母は駅ふたつ離れたスーパーで働くことになりました。近所だと知人に見られるから嫌だと言って、わざわざ遠くの職場を選んだのです。

そのため、夕食の時間はかなり遅くなりました。夕食は基本的に塾で弁当を食べますが、塾がない日でも母が遅番のときは、作り置きのおかずをレンジで温めて食べるのです。父と二人で食べる日もあれば、父も遅くて一人で食べる日もあります。冷凍食品の日もありましたが、単価が高いのでぜいたくだと父に言われました。

「あのまま会社に勤めていればもっといい条件で働けたのに」。それが母の口癖になりました。そのたび父は不機嫌になりました。

「俺が辞めろと言ったわけじゃないだろう」

「今になって、なにその言い方。じゃあ私の分までちゃんと稼いできてよ」

「話をすり替えるな」

「すり替えてるのはそっちでしょう。私が辞めなかったら家事や育児はどうなってたの。大体どうして私が全部やらなきゃならないわけ？　昭和じゃないんだから」

そんな口ゲンカが日常茶飯事となりました。ケンカといっても、大体は最後に父が黙り込んで終わります。ぼくの学費が問題なので、横で聞いているのはつらかったです。

受験が近づくにつれ、母はどんどん神経過敏になっていきました。クラスの他の母親も同じようだったので、これはうちだけが特別であったということではなさそうです。

六年生の夏休みは、いくつもの進学塾の夏期講習に通い、全国模試を何度も受けました。母はそれでも「他の子に比べるとうちはまだまだ足りない、出遅れた、もっと早くから対策しておくべきだった」と、まるで何かに憑《つ》かれたかの如くしきりと口走るようになりました。受験に賛成であったはずの父も、さすがに引いているようでした。

「いいかげんにしとけ。これ以上やると優人の身が保たないぞ」

父がそんなことを言ったとき、母は鼻で嗤《わら》うように言い返しました。

「よそは受験にもっとお金かけてるの。中学受験って家庭の経済力が大きいって言われてるの、あんた知ってる？　そもそも、あんたは優人に『がんばれ』って適当に言ってるだけで、自分はなんにもしてないくせに。進路説明会とか、三者面談とか、全部私に押し付けて」

「俺は会社で働いてるんだから、行きたくても行けるわけがないだろう。当たり前じゃないか」

「当たり前ってどういう意味？　こっちは働いてる上に、受験のことも全部やってるの。あんたはほんとに口だけなんだから」

ぼくはそんな両親の声を聞きながら勉強に取り組みました。いえ、二人の声を頭から追い払うため無理やり勉強に没頭していたのかもしれません。

小学生最後の夏休みが終わり、二学期が始まりました。

藪井の周囲にはますます人がいなくなりました。それと比例するように、女子の間では藪井に対する悪口が増えていったようでした。

「アイツ、なんであんなエラソーにしてるわけ？」

そう口に出して言う女子も現われました。それまでは絶対に考えられないことでしたので驚きました。

一方菊地は、超難関校をはじめとして、都内や近県の有名校を軒並み受けるということでした。菊地の母親は、受験組の母親グループのリーダー然としてふるまい、子供の目にも異様に映ったものでした。

受験しない公立組は、無風状態となった校内での日常に、むしろほっとしていたのか、のびのびと学校生活を楽しんでいるようにさえ見えました。それでも菊地は、〈誰もがいじめたくなるような相手〉、つまりいじめが暗黙のうちに許容されている生徒に対し、時折暴力的ないじめを行なうようになりました。もちろん教師の見ていないところでです。それは、菊地達のストレス発散法だったのでしょう。その証拠に、菊地に便乗して暴力を振るう受験組の生徒が何人もいました。しかも極めて無造作に、それこそ空き缶かサッカーボールでも蹴り飛ばすように淡々と蹴ったりするのです。ぼくは極力関わらないようにしていましたが、菊地やその仲間に「川辺、おまえもやってみ?」と言われると、普通に「おう」と応じて蹴りを入れました。そこでためらったりすると、こっちがいじめの対象にされるわけですから。力を抜いてもすぐにばれます。だからばれないように本気で蹴ったり殴ったりします。ぼくだって人並みにストレスを抱えていましたので、矛盾するような言い方になってしまいますが、効果はてきめんで、なんだか胸がすっとしたのを覚えています。

肝心の勉強に関して、ぼくは一生懸命がんばりましたが、全国模試の成績からすると、第一志望の合格圏内にはあと一歩というところでとうとう入れませんでした。それでも合格の可能性がまったくないというわけでもありません。塾の先生と何度も面談を重ねたのですが、これまでのデータを元に安全策を採るように説得され、第一志望校をワンランク落とした上、第三志望校まで願書を出すことになりました。母はもっと受験校を増やそうと主張していましたが、経済的な問題で難しかったようです。

そうこうするうちに、受験シーズンがやって来ました。

結果から言うと、ぼくはレベルを下げた第一志望校にも、それどころか第二志望校にも合格せず、滑り止めの第三志望校にかろうじて引っ掛かったのでした。

父は、「その程度の私立なら、公立とそう変わりないだろう。だったら公立に行ったらどうだ。その方が安上がりだし」と言いました。ちょっと信じられないような無神経ぶりです。こんなときに親としては明らかに変ですよね。これまでの努力を簡単に否定されたようで、ぼくはかなりむかつきました。もっと怒ったのは母で、「だったらなんのために受けたのよ、受験料も入学金も払い込んだのに」ともの凄《すご》い勢いで反論しました。例によって父が不機嫌になって黙り込み、ぼくは第三志望校に進学することになりました。

あれほどイキっていた菊地が受験した学校すべてに落ちたという噂《うわさ》が駆け巡ったのは、一通りの合格発表が終わった直後のことでした。

さすがの菊地も「恥ずかしくて地元の公立中学には行けない」と、低学年の子供みたいにマジで泣き喚《わめ》いたそうです。公立に行ったぼくの友達をはじめ目撃者が本当に何人もいて、彼は一挙にステイタスを失いました。

それでも中学に行かないわけにはいかず、菊地は公立校に通うこととなったのですが、小学生時代は表面上取り繕っていた本性を剝《む》き出《だ》しにして、日々いじめを繰り返すようになったそうです。最低なことに、そんな生徒を「活発なわんぱく坊主だ」とニコニコ顔で孫のようにひいきする老教師が公立中学には残っていて、その教師はいじめられる側の生徒を露骨に嫌い、いじめを止める素振りも見せないということでした。なんのことはない、教師であろうと生徒であろうと、人をいじめる者は同じ気質を持っていて、それは生涯変わらないものなのですね。日本からいじめがなくならないはずです。

同じ公立中学に通う藪井は、そんな菊地を見下しつつも、適当に距離を置いて接しているという話でした。藪井本人はすぐに別の小学校から来た彼氏を作り、結構楽しんでいたようです。

そうした噂を耳にして、公立に行く羽目にならなくて本当によかったと心から思いました。考えてみれば、それは人生の分岐点のひとつであったのではないでしょうか。

最初から公立に行くしかない者、もしくは受験に失敗してやむなく公立に通う者。一方で、一流か二流かはともかく、環境の整った私立でさらなる受験に対して準備のできる者、もしくは大学までエスカレーターで行ける者。両者は今後まったく違うコースを歩むことになるはずです。現に菊地や藪井の通う地元公立中学は、菊地のような受験失敗組も多く、本来なら高校受験での巻き返しを期して日夜勉強しているはずが、自堕落で不穏な空気が常に漂っていて到底受験どころではないと、そこに通っている友達から聞きました。つまり彼らは、すでに底辺コース確定というわけです。

いずれにしても、私立に通うぼくにとっては他人事《ひとごと》です。ぼくと同じく、第一志望校に落ちてやむなく通っているという生徒も少なくありませんでしたが、その分だけみんな高校受験で挽回《ばんかい》しようと必死であり、いい意味で刺激になりました。

ぼくの通うことになった学校は中高一貫の男子校でしたので、ある意味、気は楽でした。だって、誰それが誰それに告《コク》ったとか、告られたとか、バレンタインがどうのとか、もっと言えばヤったとかヤれなかったとか、そういうことに気を取られずに済みますから。

決して気にならないわけじゃありません。でも一旦気にし始めたら、際限なく時間を取られるのは分かりきっています。受験は時間との戦いです。ここで時間を無駄にしたら、残りの人生が途方もないハードモードになるだけです。だからみんな脇目も振らずに勉強するのです。

もちろん、中学生らしく部活や趣味に熱中する生徒もそれなりにいます。彼らはそれだけ余裕があるのでしょう。もしくは、最初から内部進学するつもりなのか。とにかく、大部分の生徒はもっと上の高校を目指していたと思います。

志望校にもよりますが、高校受験は中学受験と違い、内申書が重視されることが多いと言われています。そのため、教師にできる限りよい印象を与える。これはかなりのストレスでした。何があっても教師の機嫌を損ねないようにしなければならないし、また〈積極的に活動している〉という印象を与えるため、クラス委員なんかも適度にこなさねばならない。課題の発表等は言うまでもありません。

やりすぎて目立つと自分に求められる期待値が上がる一方だし、下手をするといじめの標的になりかねない。そういう点は小学校と同じです。そこでいかにバランスを取るか。大事なのはそういうところです。

周りとうまく付き合いながら、突出しない。気を遣うばかりの毎日でした。

部活に入れ込む生徒はまだいい。特に体育系の部活だったりすると、校内のヒーローにもなれます。ヒーローは言わば特別枠で、いくら突出していてもいじめの対象になることはまずありません。しかし、そんなポジションに就けるのは選ばれた人達で、ぼくなんか最初から問題外です。なれたらいいなとは思いますが、なろうと思ったことはありません。

趣味に熱中するタイプの生徒は、自分の好きなことばかり大声で語りがちです。マンガであったりとか、映画であったりとか、鉄道であったりとか。そうなると、たとえ誰も興味を持たないような特殊な趣味であっても、「マウント取りやがって」とウザがられるリスクが増大します。一度そんなレッテルを貼られると、それを返上するのは至難の業ですし、自分から「いじめてくれ」と言っているようなものです。中高一貫校でそんな枠に入れられてしまうと悲惨の一語に尽きます。

幸いぼくは無趣味でしたので、その点に関しては安心でした。第一、趣味なんて時間の無駄じゃないですか。動画にしろマンガにしろ、みんなの話題についていける程度であればいい。そんなものに真剣になって、一体なんのメリットがあるのか、ぼくには理解できません。もっとも、ぼくの学校では――と言うより、ぼくの世代では――マンガを熱心に読んでいる人はそんなにいませんでした。家で読んでいる人はいたかもしれませんが、少なくとも、学校で回し読みしている光景なんて、それこそマンガの中でしか見たことはありません。そもそも、学校にマンガを持ってくるのは禁止されていましたし、アニメやドラマだって、配信で観ますから、人によって観ている番組が全然違うのです。なので学校で同じ作品について盛り上がるなんてことはそうそうあるはずがないのです。

ぼくの学校は超一流校ではありませんけど、一応はそれなりに知られた学校なので、その意味では安心して勉強に専念することができました。

しかし、もっと切実で大変なことが起こりつつあったのです。それは、ぼくの家庭の問題でした。父が仕事で何かミスを犯したらしく、減俸処分になったのです。具体的にどういうミスであったかは知りませんし、興味もありませんでした。たとえ訊いたところで、中学生のぼくに理解できたかどうかは分かりません。しかし母にとっては到底受け入れ難いことでした。

「どうしてくれるの。今でもカツカツだってのに。私、なんのために働いてると思ってんの」

自分のミスが原因ですから、父は何を言われても基本黙っています。この問題に限っては、そんな父の態度がいよいよ母の怒りに火を点《つ》ける結果になるのでした。

「大体ね、あんたが受験に非協力的だったから優人があんな二流校に行く羽目になったのよ。分かってんのっ」

「おい……」

さすがに父は絶句しました。それだけではなく、最悪なことに、ぼくの方を振り返ってしまったのです。

ぼくもすでに十三歳でしたから、その視線の意味くらい分かります。つまり、父も母もぼくの味方ではあり得ないということです。その失意を、ぼくが顔に出してしまったのでしょう。

父は初めて母に手を上げました。

「子供の前でなんてことをっ。おまえはそれでも母親かっ」

食卓の椅子ごと母は後ろにひっくり返りました。

誰も助け起こそうとはしません。父も、ぼくも。

だけど、父とぼくが同じ考え、同じ立場であったわけではありません。ぼくは単に、何もする気が起きなかっただけにすぎません。ぼくは今通っている中学校がそれなりに気に入っていましたから、両親から「あんな二流校」と思われていることがショックではありました。

だけど、それはまぎれもない事実でもあります。ぼくにはただ受け入れるよりありません。なので、両親のケンカも傍観する以外にありません。キッチンの床で泣き崩れる母の姿をぼんやりと眺めながら、二人はこのまま離婚するのかな、なんて考えたことを覚えています。

結果から言うと、父も母も離婚しようとはしませんでした。実は愛し合っていたから、とかじゃありません。したくてもできない理由があったからだとぼくは勝手に推測しています。

離婚しても、母が満足できるような養育費を父はとても払えません。母がフルタイムで働いたとしてもぼくの塾の月謝を捻出するのがせいぜいで、生活費全部を稼ぐのは絶対に無理です。家のローンだってまだまだ残っています。そもそも、どちらがぼくを引き取り、どちらがこの家に住み続けるのでしょう？　この家を売ったとしてもたかが知れています。それでなくても、建売住宅を売るとタダ同然どころか、大赤字になってしまうと父と母がいつも話していたくらいです。

翌日の朝になると、まるで何事もなかったかのような毎日が始まりました。しかし、ぼくにははっきりと分かりました。父と母は、もう夫婦でもなんでもありません。仕方ないから、生活上やむを得ないから、夫婦ということにして、一緒に同じ家で寝起きしているにすぎないのです。もしかしたら、愛情だって、最初からなかったのかもしれません。どちらであっても、ぼくにはどうでもいいことです。

大事なのは、「両親が離婚しなかった」ことです。その点に関しては幸運でした。のちに知ったのですが、片親であった場合、特にシングルマザーの子女であった場合、就職では大きなハンデとなるリスクがあるからです。

そんなことはない、それは単なる噂であって、人権的にそうした差別はないと一笑に付す人もいます。もしかしたら、その人の言う通りかもしれない。だけど、世の中を客観的に見渡してみると、憲法や人権を無視した制度がごく当たり前にまかり通っているじゃないですか。社会システムの善意や公平性を信じろという方が無理ありすぎでしょう。中小や零細企業ならいざ知らず、大企業に入ろうとしたときに、そのリスクはどうしても頭に残ってしまうのです。こんな時代ですから、誰しも大企業の正社員になりたいと努力しています。そうなると採用する側からしたら、よりよい条件の人材を選び放題ってことになりますよね。ぼくが人事の担当者だったとしてもそうしますよ。

だけどぼくは両親の判断に助けられました。生活の事情があったと先ほど書きましたけど、ぼくの進学や就職について、まったく考えなかったことはないと思うんです。それだけは感謝しています。たとえぼくの就職後に離婚したとしても、それは二人の自由ですから。それまで我慢してくれるだけでもラッキーです。

考えてみれば、離婚した家の子は本当に不幸だと思います。いくら優秀でも、現在の日本では最初から足かせをはめられているようなものじゃないですか。念のために付け加えますが、だからといってぼくが差別的な人間だと思わないで下さい。ぼくは単に事実を述べているにすぎないのですから。だって行政の対応からしてそういうふうになっているでしょう？　仮に大学まで行けたとしても、下手したら奨学金の返済だけで人生が終わってしまいかねない。それ以前に、学校以外の塾とかにお金をかけられないといい大学に入れない。またこれも表向きは否定されていますが、大企業には〈学歴フィルター〉が厳然としてあるじゃないですか。一流大学の卒業生、もしくは生まれついての上級国民でない限りは門前払い。つまり最初から上へ行くための梯子《はしご》がないのです。

もっともぼくだって、奨学金で苦労することになるわけですが、少なくとも中学生の時点ではそこまで想像していませんでした。

話を戻すことにします。

高校受験はとにかく内申書が大きいですから、中学時代は適当に部活もやりました。やらないよりやっていた方が内申書によく書いてもらえると言われていたからです。なのでテニス部に入りました。テニスが好きだったとかでは全然ありません。だって、テニスなんてそれまでやったこともありませんでしたし。テニスって派手なイメージがありますけど、日本の、少なくとも中学では、サッカー部やバスケ部ほど全校的に目立ったりはしません。それでいて卓球部みたいに地味で陰キャってイメージもない。そう考えての選択でした。文化系よりスポーツ系の方が活発そうで印象がいいだろう、教師や他の生徒達からもそう思ってもらえるだろうという狙いです。コミュニケーション能力も高いような印象も与えられればその方が絶対得ですから。ラケットをはじめ用具一式を新たに買いそろえる必要がありましたが、楽器とかに比べると安いものです。両親には「内申書のため」と言うだけでよかった。その一言であっさり購入費用を捻出してくれました。

クラスでは問題を起こさず、教師には逆らわず、課題は必ず提出する。学級委員も推薦されれば照れたふりをしながら引き受ける。文化祭ではクラスの主役にならず、三番手か四番手くらいのポジションを務める。下手に目立ったりしたら、後々どんな仕事や責任を押し付けられるか分かりません。内申書に書かれるであろうことを考慮した場合、クラスでは普通よりも少し上の位置をキープするくらいでちょうどいいと思いました。同級生のほとんどが同じように考えていたと思います。

しかし勉強ではそうはいきません。誰よりもがんばって、少しでも偏差値を上げる必要があります。それでなくても有名大学への進学率では、一流高校よりも劣っているのは確かなのです。部活は適当にこなし、後はひたすら勉強です。

うっかり部活に打ち込んでいる生徒も少なくありませんでしたが、ぼくに言わせれば愚の骨頂です。プロを目指しているとかでもない限り、時間の無駄であるとしか思えません。

同級生の半分くらいはぼくと同じく受験志望だったんじゃないでしょうか。内部進学の安楽さにただ流されているだけの生徒も少なからずいましたが、そういう奴は中学の時点ですでに脱落しているようなものです。言葉にこそしませんが、受験組はそんな連中を冷ややかに見ていて、教室では互いに親密そうにふるまいますが、それ以上に距離を詰めることは決してない。互いのテリトリーを侵さないこと。それがうまくやっていくためのコツであり、ルールであり、常識であることをみんなが理解していました。そんな集団ですから、ストレスはとても少なく、快適で、ぼくはかなりうまくやれていたのではないでしょうか。むしろ一流校に行くより、リラックスした気分で受験勉強に集中できたのではないかとさえ思えるくらいです。

その頃には父の給料も回復して、いえ、正確には以前より上がっていたらしく、両親の関係も、少なくとも表面上は何事もなく続いておりました。平穏なのはいいことです。ぼくもより平静な気持ちで勉強に打ち込めました。

やがて志望校を決定する進路指導の時期がやって来ました。と言っても、私立の中高一貫校ですので、学校がやってくれるわけではありません。塾での進路指導です。

中学受験失敗の屈辱を晴らす。両親の期待も日ましに高まる一方です。ぼくは結果的に今の中学でよかったと考えているのはさっき書いた通りですが、両親にとっては最後まで〈二流校〉でしかなかったようでした。

塾での模試の結果や進路指導から、ぼくは慎重に志望校を選定しました。

第一志望は都立校、第二志望は私立校、第三志望は国立校。いずれも偏差値七〇を越えるような超難関校ではありませんが、少なくとも都内では胸を張れる有名校です。塾で進路指導を専門に担当する先生は「もっと上を狙ってみてもいいんじゃないか」と言っていましたが、たとえダメ元で受けたとしても「不合格」という結果はダメージとなって残ります。それがいやで、確実に合格圏内にあると思える学校の中から選びました。

実は両親、特に父はこの選択に不満を持っているようでした。「もっと上を狙うくらいの気概を持て」とか、そういうことをよく言っていたからです。

気概なんていくらあっても、結果が伴わなければ意味ありません。そこが父と決定的に考えの合わないところです。母は母で、そうした父の精神論を鼻で嗤っているというか、とっくにあきらめて無視しているようでしたが、それでも「受けるだけでも受けてみたら」と、父と同じことを口にしていました。母もやっぱり、中学受験の際にぼくが受けたダメージについては想像が及ばないのです。

両親にはそのつど「考えてみるよ」とだけ答えてはぐらかし、志望校の勉強に専念しました。だって志望校をひとつ増やすと、その学校の過去問を解いて傾向と対策を把握しなければなりません。とんでもない負担です。気概やダメ元で受けてみて不合格だったら、それまでに投入した時間やエネルギーがすべて無駄になってしまいます。それどころか、本来の志望校の対策にも影響が出るわけじゃないですか。どう考えても割に合いません。それくらい、少し考えたら誰にも分かりそうなものなのに、そうでないのがぼくには不思議でなりませんでした。

この手紙を書き出す前は、正直面倒だなという気持ちもありましたが、書き出してみると一気にここまで書いてしまいました。

けれど、そろそろ限界のようですので、まずはこの辺にしておきたいと思います。

高校受験がどうなったか気になると申しわけないので、結果だけ書いておきます。

狙いが当たって、ぼくは第一志望の都立高に合格しました。両親はそれなりに喜んでいました。それなりに、と書いたのは、ぼくがもっと上の学校を目指さなかったことを不満に思っているのが透けて見えたからです。

ともあれ、ぼくはこうして両親から「二流」と見なされた学校を脱出することができました。

次の手紙はいつ書けるか分かりませんが、それまでどうかお元気で。

第二の手紙

ありきたりな書き出しで恥ずかしい限りですが、日の過ぎるのは本当に早いものですね。最初の手紙を書き終えたときは心底ぐったりして、続きを書く気力などもう永遠に取り戻せないのではないかとさえ思ったものでしたが、こうして無為な日々を送っていると、再び筆を執る気が猛然と湧き起こってきました。

ああ、そうそう、前にお出しした手紙のお返事、ありがとうございました。「ぜひ続きを読みたい」というあなたのお言葉も、大いに励みとなったのは確かです。たとえそれが、核心部分を引き出すための方便であったとしてもです。

だって前の手紙は、ぼくが高校に合格するまでの、ごく普通の経緯でしかなかったわけですからね。それこそなんの面白みもない話で、ぼくのような子供は掃いて捨てるほどいたはずです。

続きというからには、高校入学以降の話ですね。

だけど、申しわけないことに、それまでとあんまり変わらないどころか、さらにつまらなくなっているものと思います。

その上で記しますので、本当につまらなくても、どうかがっかりしないで下さいね。

ぼくの入った高校は共学でした。男子校から来た生徒の中には、あからさまにそわそわと浮かれているような奴もいましたが、それって、とんでもなくダサいですよね。女子の方でも分かっていますから、そういう奴は適当にあしらうか、まったく相手にしないかのどちらかでした。女子は女子で、少しでもいい大学に入りたいから受験したわけで、一緒に歩くのも恥ずかしいような男の相手をしているヒマなんてないと最初から承知しているわけです。

ぼくはと言いますと、基本的な方針は中学の頃とおんなじで、陰キャでも陽キャでもなく、ちょうど中間より陽キャ寄りくらいのポジションをキープしました。

陰キャと呼ばれる人達は、それぞれ趣味の部活（当然スポーツ以外です）か、もしくは勉強に熱中しており、傍《はた》から見ているとそれなりに楽しそうなのですが、「陰キャ」とカテゴライズされた段階で「負け」なのです。何がどう「負け」ているのか、自分でもうまく言えません。けれど、クラスの中でそう見なされるのは少なくとも屈辱であり、ぼくには耐えられそうにありません。だからいつでも明るくふるまい、ああいった特殊な人達の同族ではないことをアピールし続ける必要があったのです。

中学と違い、クラスで主導権を握っている人達も、基本的には大学受験が頭にありますから、陰キャの人達を執拗《しつよう》にいじったりはしません（ちょっとくらいならありましたけど）。その意味では、双方が互いに干渉せず、うまくやっていたと思います。

都立校ですから、私立校と違って、そんなに奇抜なイベントがあるわけではありません。運動会や文化祭といった、ごく平凡でありきたりなものばかりです。そしてそれらは、受験勉強の妨げとならないよう、開催時期も適切に考えられています。ぼくらは安心して登校し、授業を受け、高校生活をそれなりに満喫し、きたるべき受験に備えることができました。

それでも一学期が終わりに近づいた頃には、交際するカップルが幾組か見られるようになりました。夏休みのイベントをクリアするための準備、とでも言いますか、そのためには彼氏、彼女が必要であることをよく理解しているのです。好きだから付き合うのではないのです。必要だから付き合うのです。だって、三年生になったら、カップルで夏休みに遊ぶなんてことがいかにあり得ないか、現時点で誰もが理解していましたから。実際に三年生になった時点で、感情がもつれて交際をうまく清算できなかった人達も何組かいました。彼らはほぼ例外なく第一志望の大学には行けず、志望校のランクを下げるか、浪人を余儀なくされていました。

かく言うぼくは、夏休みこそ中学の延長のような気分で過ごしましたが、二学期になって、文化祭の前に彼女ができました。

彼女は――名前は記す必要もないでしょう、ぼくの人生にとってその程度の存在でした――バドミントン部の部員でした。入学時からぼくのことが好きだったそうで、ある日突然告白されました。ルックスはまあまあですけど、全体的にセンスがいい。並んで歩くと映えるなって直感しました。こちらに異論はありません。こうしてぼくらは付き合うことになりました。

正直言って、ぼくはほっとしました。これで「付き合っている彼女がいる」というステージをクリアできたわけですから。「同級生や親しい連中から冷やかされる」というイベントも同時にクリアです。三年間のうちにこれらをクリアしておかないことには、「モテない奴」「ちょっと普通じゃない奴」と見なされるリスクがあるので、みんな必死になって（しかしうわべはそう見せず）交際相手を探すのです。その点において、ぼくと彼女は互いに求める条件や利害が一致したというところでしょう。

彼女とはそれなりにうまくやれたと思っています。実際に楽しかったわけだし。そして、二年の終わり頃には、ごく自然に別れました。やはり彼女とぼくの思惑は一致していたのです。別れた後も、ごく自然に話すことができましたから。周囲の友人達も気を遣わずに済んで安心したようでした。別れ話で周囲を巻き込んだりしたら、なんのために付き合ったのか分かりません。本当にうまくいきました。そもそも、一年あまりも交際が続いたのですから上出来と言っていいでしょう。

彼女とどう過ごし、どう愉《たの》しんだか。それは重要ではありません。だから詳しくは書きません。大事なのは、「付き合っている彼女がいた」という事実だけなのです。もっとはっきり言いましょう。普通であることの証明書です。でもそんなの、どっちにしたってどうでもいいことでしたね。

こうしてぼく達は三年生になり、いよいよ本格的に受験勉強を開始しました。ぼくは理数科目に弱かったため、文系コースです。なので有名企業に入るために有利となる学部は商学部、経営学部、経済学部、法学部といったところでした。

旧帝大、中でも東大に入れれば文句はありませんが、さすがにみんな身のほどをわきまえています。狙いは、あわよくば早慶《そうけい》か一橋《ひとつばし》。次にICUか上智《じょうち》。悪くともGMARCHのいずれか。学校や塾の進路志望調査にもそう書きましたし、両親も同じ意見でした。

高校三年の夏休みは一日たりとも無駄にできない受験の天王山です。いよいよ夏休みに入るという一学期の終業式が終わり、早めに家に帰ろうとしていたとき、そいつが声をかけてきました。

「よう川辺、これからみんなで新宿《しんじゅく》行くんだけどさあ、おまえも来ねえ?」

クラス委員の高井戸《たかいど》という男でした。ルックスもよく、もう引退していますがバスケ部の副キャプテンでもありました。当然女子にはモテていて、ぼくの知っている限りでも、三回彼女を換えています。どの子も全校で指折りの美少女でした。聞いた話では他の学校の女生徒と付き合っていたこともあるそうです。

「新宿って、何しによ? オレら、遊んでるヒマなんてねえんじゃねーの」

ごく常識的に応じると、高井戸はニヤニヤ笑いながら寄ってきました。

「だからさ、出陣式みてーなもん」

「出陣式? なんだよそれ」

「オレらはさ、これから毎日死んだ気になって勉強しなきゃなんねーだろ? だから今日一日はそのための英気を養おうってこと」

高井戸の背後には、彼と同じような薄笑いを顔に貼り付けた三人の同級生が控えていました。日浦《ひうら》、桑江《くわえ》、それに岡本《おかもと》。三人とも、定期試験ではクラスでも上位の成績を収めています。トップはもちろんクラス委員の高井戸です。言ってみれば、成績優秀者のグループなのです。

彼らが声をかけてくれた――その事実だけで、自分が彼らに認められたような気がしました。明日からの夏期講習に備えてその日はできる限りテキストを進めておくつもりだったのですが、一も二もなく彼らの誘いに応じていました。

「そうだな、じゃあ、いっか。オレも行くよ」

「お、さすが川辺クン、判断が速いね。それって、受験でも大事な才能じゃね？」

そう言って高井戸はぼくの肩を親しげに何度も叩きました。

受験でも大事な才能。それはまるで、魔法の呪文のような効力を発揮しました。だから今日くらい彼らと一緒に遊んでもいいのだ、何か得られるものがあるはずだと、自分を納得させることができました。

今にして振り返ってみれば、渋谷《しぶや》でも下北《しもきた》でも池袋《いけぶくろ》でもなく、「新宿」と言われた時点で少しは警戒すべきであったのです。でもぼくは、呆れるほどに世間知らずで、無邪気でした。

高校生でも立ち寄れるような流行の古着屋やブランド店を覗《のぞ》き、カラオケでテンションを上げ、スタバかサイゼリヤで自由気ままに歓談する。クラスメイトの噂話、女子生徒の品評、教師の悪口、そして志望校の情報交換。夕食前には互いの健闘を祈りつつ帰宅する。そんなイメージでいたのですが、彼らはトー横に直行したのです。

終業式の日だからでしょうか、TOHOシネマズの壁面にはすでに大勢の少年少女が集まっています。制服の者もいれば私服の者もいるし、何かのコスプレなのか、珍妙な恰好《かっこう》をした者もいます。ぼくらの学校は制服でしたから、みんな当然制服のままです。

中でも最も変なメイクをした男――水色の長髪だったので、最初は女性かと思いました――に、高井戸はためらいなく声をかけました。

「ケーシンさん、ちわっす」

明らかに中学生と分かる少女達のグループと話し込んでいた男は、険しい目つきで振り返りましたが、相手が高井戸だと分かると、ピエロのような白塗りの顔を歪《ゆが》めました。どうやら笑ったようでした。

「なんだ、タカピーか。しばらくじゃねえの」

ケーシンと呼ばれた男は高井戸をハグし、親しげに片手で背中を叩いています。

「あれ、こいつ新顔？」

男はぼくを一瞥《いちべつ》し、警戒するように言いました。

「あ、こいつ、川辺っていってオレのツレです」

ぼくはどうしていいか分からず、「こんちわっす」と小声で言い、軽く頭を下げました。

相手はなおも用心深そうにぼくから視線を離さず、高井戸を質しました。

「信用できんの？」

「オレのツレですから」

「オメー自身が信用できんのかって言ってんだよ」

太い声で凄んでから、ケーシンは一転して愉快そうに笑い、

「ジョーダンだよジョーダン。ビックリした？　タカピーはマブだからさ、川辺クンもマブ。よろしくね、川辺クン」

いきなりハグされて、ぼくは少しとまどいました。その間にも、通りすがりの少年少女が、「あっ、ケーシンさんだ」「ケーシンさーん、こっち向いてーっ」などと声を上げています。

どうやらこの人は、トー横界隈《かいわい》ではかなり知られた存在のようでした。

でも、高井戸がどうしてそんな人とつながりを持っているのでしょうか。ぼくには見当も付きませんでした。

「それにしてもタカピーさあ、このところ全然顔見せなかったじゃん」

「だってオレ、受験生ですから。ちょっと前まで期末テストだったんすよ」

ケーシンはわざとらしく舌打ちし、

「オメー、まだ学校なんか行ってんのかよ。つまんねーんだよオメーはよ」

「カンベンして下さいよ、ケーシンさん。オレがちゃんと学校行ってるから親も安心して自由にさせてくれるんすよ」

考えてみれば、ぼくは高井戸の家庭環境については何も知りませんでした。ただ、裕福な家庭であることは日頃の言動から想像できました。それは、他の三人の家庭についても同様です。

「ま、いっか。よし、すぐに行こう」

「メンバーはこの子達ですか」

せかせかと歩き出そうとしたケーシンに、高井戸が女の子達を横目に見ながら尋ねました。

「そうだよ。右からメイちゃんにルナちゃんにエモちゃん。それからユカちゃんにミーナちゃんにララちゃん」

「はじめましてー」

紹介された六人が芸能人のような笑顔で一斉に挨拶してきました。私服の子が三人、同じ制服の子が三人でした。

「はじめまして。オレらは……」

挨拶しかけた高井戸をケーシンが遮って、

「そんなのあとあと。今ここで自己紹介したってみんな覚えきれねえって。それより、そろそろ予約した時間だから」

「あ、そうっすね」

ケーシンと高井戸が先に立ち、靖国《やすくに》通りの方へ向かって歩いていきます。ぼくらは女の子達と一緒になって二人の後に従うしかありませんでした。

なにしろ互いに初対面ですから、話の弾みようもありません。女の子達は、なにやら囁《ささや》き交わしながらぼくらの方をちらちら見ています。

「割とイケてんじゃん」「そう？　まあまあじゃない？」「フツーって感じ？」

含み笑いが聞こえてきそうなその様子は、やはり中学生特有のものです。

「なあ、ケーシンさんて本名なの？」

ぼくは小声で日浦に訊きました。

「知らねえよ」

日浦は前を向いたまま素っ気なく答えました。

「おまえ、ケーシンさんの配信、観たことねえのかよ」

「ねえよ。そんなのやってんの、あの人」

「今どきの有名人でやってない人の方が珍しいだろ」

日浦の話では、やはりケーシンはトー横界隈の有名人で、本名や年齢等は一切「ヒ・ミ・ツ」ということでした。配信されている動画を観てファンになったとか、田舎から新宿まで会いに来たという女の子も多いようです。

ケーシンは靖国通りの手前で横道に逸《そ》れ、カラオケ店に入りました。

「あ、ケーシンさん、お待ちしてましたよ」

三十代半ばくらいの店員が、自分よりずっと年下のケーシンに愛想を振りまいています。

「特別室、空けときましたからそのままお進み下さい」

「ん、サンキュ」

ケーシンは奥のエレベーターに乗り込み、一同を振り返って言いました。

「ここ初めての奴もいると思うから言っとくけど、特別室は六階だから。女の子から先に乗って」

ケーシンと女の子達が先に上がり、エレベーターが下りてくるのを待って残った者が乗り込みました。

「ちょっとやばくね？　あの子ら、中坊だろ」

そう言うと、高井戸が薄笑いを浮かべながら、

「川辺クンさあ、トー横をなんだと思ってんだよ？　中学生の聖地だろ？　中坊がいるのは当たり前じゃん。中には小学生だっているし」

わざとかどうか分かりませんが、ピントのずれた答えが返ってきました。

日浦達は全員横を向いて笑っています。訊いてはいけない質問だったのでしょうか。なんだか気まずい思いがして、それとなく視線を逸らしてエレベーターの煤《すす》けた天井を眺めたりしました。

全体に細長いビルだったし、一階のエントランスと受付からすると小さい店だと感じていたのですが、六階はフロア全体が「特別室」になっていて、大人数が入れるような、割合に豪華な仕様の部屋でした。

各自が注文したドリンクやスイーツが届くのを待って、ケーシンが声を張り上げました。

「さあ、いよいよお待ちかね、ザ・ケーシン・プロデュース、夏休みを百倍楽しむためのコンパ開始です。まずは自己紹介から、どうぞーっ」

全員が歓声を上げ拍手しています。

ぼくは耳を疑いました。「夏休みを百倍楽しむためのコンパ」だって？　明日からは夏期講習なんですよ？　初手から羽目を外しすぎじゃないですか。

しかも、座席は男女が互いに隣り合うように配置されています。ここに至って初めて、ぼくは自分が単なる頭数合わせのために呼ばれたのだと気づきました。

「えー、オレは高井戸っていいまして、高三です。学校名は秘密です」

カラオケのマイクを使い、高井戸が自己紹介を始めています。

「タカピーの学校なんてもうみんな知ってっから。第一、制服見りゃ分かるし」

横からケーシンがツッコミを入れます。みんな大笑いでしたが、高井戸の学校名が知られているということは、ぼくの身許《みもと》も明らかということじゃないですか。

しかし、もう離脱できるような空気ではありません。ぼくはみんなに調子を合わせ続けるしかなかったのです。

当然ぼくも自己紹介せざるを得ませんでした。幸か不幸か、ケーシンがツッコミを入れてこなかったために、高井戸達ほどはウケませんでした。

自己紹介も一通り終わり、フリートークとなりました。中学生だというのに、女の子達はかなり場慣れしているようです。対してぼくはというと、傍目《はため》にも緊張して見えたことでしょう。女の子達のそこはかとない蔑みの視線が感じられました。もしかしたら高井戸は、そうしたことも計算の上でぼくに目を付けたのかもしれません。

やがて、桑江がカラオケを始めました。思いがけない熱唱に場が盛り上がってきた頃、ノックの音がして受付にいた店員が入ってきました。

「皆さんノド渇いたでしょう。店からのサービスでーす。遠慮なくどーぞー」

そう言ってテーブルの上に色とりどりのドリンクを並べ、去っていきました。

「みんな、どんどん飲んで」

ケーシンは真っ先にドリンクのグラスに手を伸ばし、喉を鳴らして飲んでいます。女の子達も次々に彼にならいました。

ぼくも手近に置かれた緑色のメロンソーダらしきグラスを取って、なんの気なしに口を付けました。甘すぎる味に隠されていますが、アルコールが入っています。その途端、理解しました。受付の店員、あるいはこの店自体と、ケーシンとはグルなのです。もしかしたら、高井戸もそうなのかもしれません。いや、そうであると考える方が自然でしょう。日浦、桑江、岡本の三人も明らかに仲間です。イレギュラーなのはぼく一人で、それも、絶対に断らない性質を見抜かれての声がけだったのだと思います。

「ほら、もっとやれよ、川辺。おまえ一人だけじゃねーか、グラス空いてないの」

岡本が絡むような口調で促してきます。同じ罪に引きずり込みたい、一人だけ逃げるなんて許さない――そんな意図がにじみ出た口調です。

「おう」

虚勢を張って飲み干すと、なんだか頭がぼんやりしました。横にいる女の子が笑っています。みんなの馬鹿笑いが頭の中で渦を巻いているようでした。

気がつくと、ケーシンは女の子の一人とねっとりとしたキスをしています。高井戸の手は別の女の子の胸をまさぐっていました。他の三人も同様です。驚きの声を上げる間もなく、ぼくの視界は隣の女の子の顔で完全にふさがれてしまいました。生温かい舌の感触が唇の間から入り込んできます。あろうことか、高三のぼくが、中学生の女子のいいようにされているのです。この上なくおぞましい、でも決して不快ではない感覚。むしろ、以前別れたバドミントン部の彼女との行為などとは比較にならないほど高揚できる愉悦に満ちたものでした。

その日、帰宅したのは夜の十時を過ぎていました。帰宅する前、新宿駅から母に電話しました。「高井戸君達と勉強していて遅くなった」と。母も高井戸がクラス委員の優等生であることは知っていますから、疑いもしませんでした。

駅で別れるとき、高井戸はぼくの肩を抱えるようにして囁きました。

「どうだった、今日のリフレッシュ」

リフレッシュ？　あの体験が単なる「リフレッシュ」だって？

声を失っているぼくに、高井戸はさらに言いました。

「これでオレとおまえは本当のマブだから。お互い、受験に向けてがんばろうぜ」

がんばろうぜ？

「おう、そうだな」

平気なふりをしてそう応じるのが精一杯でした。

「じゃ、二学期にまた」

片手を上げて去っていこうとする高井戸に、

「おい、高井戸」

「どうした」

「おまえ、ケーシンさんとどうやって知り合ったんだよ」

高井戸の顔が、大好物のエサを好きなだけ平らげた猫のようなものへと変化しました。

「あの人が有名になるちょっと前かな。興味のある人と仲よくなるの、得意なんだ、オレ」

それは答えと言えるのでしょうか。

ぼくが本当に訊きたかったのは、「なんのために知り合ったのか」「これまでもああいうことを一緒にやってきたのか」「それであの成績を維持してきたのか」ということでしたから。

しかし改めて問い直そうとしたときには、高井戸の姿は駅の雑踏の中に消えていました。


翌日から夏期講習が始まりました。受験本番に向けてのラストスパートです。教室で授業に集中していても、ふと気がつくと、口の中であの生温かい肉塊が蠢《うごめ》いているのです。ぼくはそれを打ち消そうと自分の舌を動かします。するとかえって、あの感触を際限なく反芻《はんすう》する結果となってしまうのです。そうなるともう授業どころではありません。

高井戸やケーシン、それに女の子達と交換したＬＩＮＥアカウントはすぐに削除しました。できればあの日の記憶も削除したいくらいです。

普通でいたかったはずのぼくですが、あの体験はとても普通とは言えません。けれど、またこうも思いました。普通でない経験ができたのだから、ぼくは「得をした」のだと。要はあの経験を、有効活用できればいいのです。そうすれば自分にとってプラスであったということになるじゃないですか。

しかし、七月の終わりに実施された模試は散々な結果に終わりました。父は「今年は暑いし、まだまだこれからだ。いくらでも挽回できる」と、慰めているのか、それとも本当に楽観しているのか、よく分からない口調で言いました。母は何もコメントしませんでしたが、不安そうな、そして不満そうな表情を隠そうともしませんでした。

ともかく、これでは受験勉強どころではありません。ぼくは最初からペースを完全に狂わされたのです。

高井戸や他の三人は、それぞれ違う塾に通っています。彼らがどんな顔をして夏期講習に通っているのか、ぼくには知りようもありません。しかし、高井戸と同じ塾のコースに通っている同級生から、最近の様子について聞き出すことができました。

それによると、高井戸はなんの変化もなく、明るい顔で特待生コースに通っているとのことでした。信じ難い神経です。彼にはあれが、初対面の女子中学生との「合コン」が、特別なことでもなんでもなかったというのでしょうか。あれが彼の隠された日常であったというのでしょうか。考えれば考えるほど、勉強が手に付かなくなっていきました。

高井戸だけでなく、日浦達もまったくいつも通りに生活していると聞きました。しかも全員がそれなりの成績をキープしているようです。やはり彼らはああいった遊び、もしくはイベントに慣れていたのでしょう。

回を重ねるにつれ、模試の成績は落ちる一方でした。こうなるとさすがに両親の態度も変わってきます。

「どうしたんだ、優人」「毎日夏期講習に通ってて、これは一体どういうことなの」

父と母に詰問されました。返答に窮していたところ、

「こういうときのための塾だろ。相談は随時受け付けてるはずだから、絵美子、おまえ、一度優人と一緒に相談に行ってみたらどうだ」

「あんたはそうやってすぐ私に丸投げするばっかりよね。自分が行こうとか絶対に言わないし」

「俺は仕事に決まってるだろうが。おまえこそどうしてこういうときにそんな揚げ足を取るんだよ」

「揚げ足って何よ」

「何よってなんだよ。俺は優人のために提案しただけじゃないか。それをおまえは——」

「何が優人のためよ。結局は気楽な立場で好き勝手に言うだけじゃないの」

両親が口論を始めてしまい、ぼくのことはうやむやになってしまいました。このときほど両親が不仲でよかったと思ったことはありません。

ともかく、こうなったら二学期で挽回するしかありません。夏休みをむざむざ無駄にしてしまったのは致命的ですが、どこまで偏差値を伸ばせるか、やれるだけやってみようと決意しま

した。

心機一転というと大げさなように聞こえますが、そんな覚悟で二学期の始業式に臨みました。

「よう、久しぶり」

教室に入るなり、真っ先に声をかけてきたのは、よりによってあの高井戸でした。

「おう、しばらく」

できるだけ自然な態度で席に着こうとするぼくに近寄ってきた高井戸は、端整な顔を下卑た笑いで歪め、

「夏休み、どうだった？」

ぼくは唖然《あぜん》として高井戸の顔を正面から見つめました。

「どうって……」

「勉強に決まってるだろ。どう？　第一志望、行けそう？」

大真面目に、そして同時にこちらを見下したように尋ねるのです。確信しました。彼はあの「イベント」でぼくがメンタルのコンディションを崩し、絶不調であったことを知っているのです。また彼が、相当以前からケーシンのようなヤカラとつるんでいたことも。

信じられないかもしれませんが、こういう奴は結構います。彼らはSNSを最大限に活用し、親にも学校にも知られないところでダニのように活動しているのです。日浦達も同類です。高井戸のおこぼれに与《あず》かろうと、教室では優等生グループを演じていたのです。実際に成

績のいい優等生ですから始末に負えません。彼らの正体を暴くなんて、不可能に近いでしょう。もちろんぼくにはそんな気などありません。彼らを告発することは、取りも直さず、ぼく自身の「参加」を自白することになるのですから。それが分かっていたからこそ、高井戸はあの日、なんの心配もなくぼくを誘ったのです。

「それがさあ、夏休み、あんま勉強はかどらなくてさ」

「えー、マズいじゃん、それ」

いかにもわざとらしく高井戸が声を上げます。

「模試の方はどうだった」

心配そうに訊いてくる高井戸の目を見て、彼が楽しんでいると理解しました。

ここで怒っていては彼をいよいよ喜ばせるだけです。

「ヒドかったよ。もう言いたくねえくらい。二学期に懸けるわ、オレ」

適当に応じて席に座り、教科書をバッグから取り出します。高井戸に「早くあっち行ってくれ」というサインです。

「二学期で取り返すって、そんな簡単にいかねんじゃねーの?」

しかし高井戸は、分かりきったことを口にして離れようとはしません。そのとき気がついたのですが、彼の背後には日浦と桑江がいて、嫌な笑みを浮かべています。彼らも高井戸と一緒になってぼくをいたぶるつもりなのでしょう。

「じゃあ、近いうちにまた新宿であの会やっか。ケーシンさんもおまえのこと気にしてたし」

「えっ」

思わず声に出して高井戸を見上げました。彼の後ろで、日浦と桑江が噴き出しています。

「なに驚いてんの。こういうときは気分転換が一番じゃないか」

「そうか……そうだよな」

そんなふうに応じるのが精一杯でした。

「あんときは楽しかったよなあ。みんなかわいくて」

するとそれまで聞き耳を立てていたらしい女子が突っ込んできました。

「あれえ、高井戸君達、ひょっとして夏休みに合コンでもやったの？」

「あっ、バレちゃったかな」

高井戸はわざとおどけた調子で応じました。本当なのか嘘なのか、一番判別しにくいリアクションです。高井戸はそれだけ周到な男だということです。

「ウチの子なの？　それとも他校？」

内心の嫉妬を押し隠し、軽い口調を装って女子が重ねて訊いてきます。

「じゃあまた今度な、川辺。あ、そうそう、おまえ、ＬＩＮＥのアカウント消したよね」

「うん、悪いとは思ったけど、勉強に集中しないとマズいから」

「そりゃそうだよなあ」

当然の返答に、高井戸もそれ以上突っ込めずにいます。

「ねえ、高井戸君ってば」

女子の追及に、高井戸は慌てて離れていきました。

「じゃ、またそのうち」

「おう」

日浦達も高井戸の後に従います。ぼくは心の中で密かにその女子に感謝しました。


幸い、高井戸のグループはその後ぼくに声をかけてくることはありませんでした。なんと言っても彼らもまた受験生です。ぼくなんかに構っていて大学に落ちたら目も当てられないでしょう。彼らとはもともと親しくはなかったし、クラスのみんなもそれは知っていたはずですが、もしかしたら中には成績の落ちたぼくを彼らが見放したのだ、切り捨てたのだと考えた者がいたかもしれません。例えば、高井戸を追及していたあの女子です。だけどそんなことはもうどうだっていい。高井戸達と関わることのリスクに比べたら大したことはありません。どうとでも思ってくれ、といった心境でした。

それでも二学期になってしばらくは、やはりあの生温かい感触のフラッシュバックに悩まされました。担任の教師にも、「なんだか顔色が悪いぞ。ちゃんと寝てるか」と心配されたくらいです。受験生にはノイローゼ気味の生徒もまあまあいるので、先生もそれ以上変に勘繰ってこなかったのは助かりました。

九月が過ぎ、十月も半ばになって、ようやく調子が出てきました。中間テストの結果もよく、進路指導の先生も「一時はどうなることかと思ったが、この分だと志望校を変更しなくてもよさそうだな」と言ってくれました。ちなみに、その時点で国立の一橋はとっくにあきらめています。浪人すれば入れるだろう、とのデータやアドバイスもありましたが、父がローンの返済に四苦八苦している状況では、言い出すことさえ気が引けました。そこで三年生に進級した際に、第一志望を慶應《けいおう》に設定したのです。

でも、あくまでそれは希望的観測であって、充分に合格圏内というわけではありません。受験までこの調子を維持していく必要があります。ぼくは今度こそ脇目も振らずにがんばりました。

二学期が終わり、すぐに冬期講習が始まりました。講習と言っても、実質は個別相談と自習がほとんどです。もちろん塾にもよりますが、ここまで来ると追い込みと言うよりは最後の総仕上げ、言わば調整の時期だからです。

年が明け、いよいよ受験シーズンに突入しました。

なんだか疲れてきたので、いえ、本当は詳細に書くのは億劫《おっくう》なので（詳しく書いてもあまり意味はないだろうという思いもあります）、高校入試のときと同じく、結果だけを記します。

ぼくは第一志望に落ち、第二志望のM大学経営学部に合格しました。

母は「Mでよかった。誰でも知ってる有名大学だし。なにしろ現役合格だしね」と言いました。

父は「Mかあ。Fランよりはマシってとこかなあ」と言いました。

母の言い方もどうかと思いましたが、父の言葉には大いに失望し、（自分はこの人が本当に嫌いなんだな）という認識を新たにしました。

乗り換えはかなり面倒でしたが、二ヵ所あるM大のキャンパスには西東京市の実家から充分に通えるので、地方出身の学生よりは楽でした。それでも私立に通うためには奨学金を利用せざるを得ませんでした。

実は、その頃父は会社で何か大きなトラブルを起こしたらしく（部下からパワハラだと訴えられたようです）、地方の支社に左遷されることになったのです。父の性格からして、パワハラというのは正直ありそうだなと思いました。

母とはすでに家庭内別居状態でしたから、父は単身赴任を選択しました。給料自体はさほど変化はないらしいのですが、ボーナスがないに等しい状態になったようなのです。加えて父の生活費が大きな負担となりました。いずれにしてもこれまでのようにぼくの教育にお金をかけられる状態でなくなったのは確かです。

担任の先生の説明では、大学生のおよそ半数近くが普通に奨学金を借りているのだそうです。「普通に」と聞いてなぜか安心したのを覚えています。みんなが借りているのなら、躊躇《ちゅうちょ》する理由はありません。ぼくは規定の手続きに従って申し込み、問題なく借りることができました。

ここで一緒に書いておきましょう。

高井戸は慶應の商学部に合格しました。第一志望は慶應の法学部で、第二志望は経済学部だったそうですが、どちらも不合格で、第三志望に引っ掛かったわけです。それでもぼく達の高校のランクからすると堂々たるものです。

日浦は受験した大学のすべてに落ち、浪人を余儀なくされました。

桑江は上智の神学部です。それを神が認めるのかどうか、信仰を持たないぼくには分かりません。そもそも、彼がクリスチャンだとは聞いたこともありません。きっと受験した中で引っ掛かったのがそこだけだったのでしょう。いずれにしても、就職時にその学歴がどういう効力を発揮するのか、それこそ神ならぬ身には見当も付きません。

岡本はN大の文理学部に合格しました。日頃から「最低でもMARCH」と豪語していた彼は、あまり嬉しそうではありませんでしたが、合格は合格です。浪人してもっといい大学を目指す気力もなさそうでしたし。

こうして大学生活が始まった……と言いたいところですが、想像していたようにはいきませんでした。

ちょうどぼく達が各校の受験に明け暮れている頃から広がり始めた新型コロナが、いよいよ爆発的な流行を見せ、緊急事態宣言が出されるに至ったからです。

ですのでぼく達の学年は、入学早々、オンライン授業ということになってしまいました。

中には抵抗を覚える人もいたようですが、ぼくはそれほどでもありませんでした。がっかりした人、反発した人は、それだけ大学生活に夢を持っていたのでしょう。サークル活動、合同コンパ、都会での自由な生活、社会奉仕、恋人との出会い、それにもちろん学問への道。クラス分けが発表されたその日に開設されたLINEに、そんな思いを書き綴《つづ》る人が結構いました。SNSのいいところは、それを見て漏らした失笑を知られずに済むということです。

田舎の人は真面目なんだなあ——笑いながらも、皮肉ではなくそう思いました。ぼくはひとえに大学を就職までの通過点と考えていましたから。

M大ならまず学歴フィルターには引っ掛かりません。噂では出身高校をフィルターに掛ける企業も存在するそうですけど、ネットで調べた限りではぼくの高校は大丈夫でした。

キャンパスで普通にふるまいながら、きたるべき就職活動に備えて人脈を作っていく。ぼくにとっては、それこそが大学の存在意義なのです。学生は、その道筋に従って合理的且つ無駄なく進んでいけばいい。それが安定への近道であるからこそ、みんな一生懸命に勉強して、いい大学に入ったのです。

矛盾するようですが、この「人脈作り」という点においてだけは、オンライン授業一辺倒では不利どころかなんの意味もありません。

ぼく達はキャリア形成のための大事な機会をコロナによって奪われたのです。これは大変な「損」だと思いました。しかし、大学やその他の公共機関がなんらかの補償をしてくれるわけでもありません。黙って受け入れるよりないのです。その意味では、ぼく達はまぎれもなく被害者であり、世の中は本当に不公平にできていると思いました。

仕方がないので、自宅のソファに寝転んで大学関連のサイトを覗いていたところ、ウェブ上に勧誘の窓口を設定しているサークルが少なくないことに気づきました。「少なくない」と書いたのは、勧誘はリアル限定のサークルも結構あるようだったからです。サークルはいくつ掛け持ちしても問題はありません。自分にとってメリットがないなと判断したら、その時点でやめればいいだけです。なのでぼくは、すぐにいくつかのサークルにサイトから仮入部の申請をしました。学生起業系、ボランティア系、イベント系、それに英語系のサークルとかでした。いずれも就職に際してメリットがあると思われたからです。

それらのサークルは、主にZｏｏｍで説明会や新人の歓迎会、さらにはテーマを設定しての討論会などを行なっていました。もちろんコロナ禍《か》での一時的な対応です。中には開放的な公園での集会や、あえての居酒屋コンパを設けるサークルもありました。

そうした会合にいくつか参加してみて、イベント系は真っ先に切りました。人脈作りには効果的ですが、今どきイベサーかよ、という空気（あくまでネットの空気です）は気になりました。第一、コロナの時代に大勢が密集するイベントを主催するサークルなんて、少なくとも今後数年は盛り返すことはないでしょう。

次に自己陶酔者の多いボランティア系を離脱し、特権意識の強い英語系から距離を置き始めた頃には二年生になっていました。コロナ禍は一向に終息の気配すら見せず、授業は相変わらずオンラインが主体です。要するに、変化なしということです。

やがて前期試験も終わり、大学生活二度目の夏休みに突入しました。本来ならば自由を満喫できるはずの夏休みも、コロナ禍では無為な日々の連続でしかありません。奨学金を借りている身であるぼくは、感染を気にしながらファミレスでのバイトに明け暮れました。また唯一つながりを保っていた起業系のサークルに、正式に入部することにしました。コロナを口実に仮入部の新人のまま相手をしてもらうのも限界でしたし、そうしたサークルにでも入っていなければ、夏休みを再び孤独な気分で過ごすしかありませんでしたから。

もっとも、入部したのはそうした消極的な理由からばかりではありません。先の見えない今の日本において、学生時代に起業して大成功とまでは言わずとも、二十代でそれなりの社会的地位を得ておくのは、考え得る限り最高の人生モデルです。ぼくの入ったサークルは、そうした目的意識を持った人達が集まっていて、実際に有名（それなりに、ですが）なベンチャー企業を起《た》ち上げたOBも二、三人いました。そういう人達と付き合うのは大いにメリットがあると思いました。こんな時代ですから、将来のために掛けられる保険はできるだけ掛けておくに越したことはないでしょう。他の学生のように自分も起業できると甘い考えを持っていたわけではありません。しかし実績とまではいかずとも、こうした経験や人脈作りの努力は、就職活動でES（エントリーシート）を書く際や、本番の面接でそれなりの効力を発揮するだろうと考えたのです。

テレビのニュースを眺めていると、「せっかく大学に入ったのに、未《いま》だにリアルで登校できない」と不満を述べたり、涙ぐんだりしている女子学生が出てきました。そうした人のメンタリティはとても幼いと思いました。機会が「奪われた」のは事実ですが、リアルであろうがなかろうが、卒業さえできればその資格に変わりはないじゃないですか。「大学時代の思い出」

なんて、陳腐で情緒的な幻想でしかありません。

緊急事態宣言は解除されたり、また発令したりで、断続的に続いていましたが、日本中がダレてきたと言いますか、やがてなし崩しに以前の日常が戻ってきました。いえ、それは以前と同じなんかではありません。何かが決定的に違っています。飲食店に設置された透明なアクリル板はそのままですし、潰れた店、廃業した店も数多くありました。あまりにも急激な変化であったので、以前がどうだったのか、もう思い出すことすらできなくなっている。そしてそれらの風景を、ぼく達はなんとなくそのまま受け入れたのでした。

夏休みが終わってからは、リアルでの授業も増え、それまで液晶画面を間に挟んでしか会ったことのなかった同級生やSNSで知り合った友人と初めて直《ちょく》で会ったりしました。大仰に感激した態度を取る人が多くて、その点は辟易《へきえき》しました。Zoomで会ってんだから充分じゃん——そう思えるような相手がほとんどでした。いちいち感激する、あるいは感激しているポーズを取ることの意味は、おそらくそれが「儀礼」の一部だからでしょう。とは言え、そこでいいかげんに接していたら、陰で「アイツは冷たい奴だ」と言われるのは自明です。だからぼくも相手に合わせます。

「うわっ、〇〇クン？　リアルで会うの初めてだよね？　嬉しいなあ、こうしてみんなに会えるとやっと大学に入ったーって感じするよねー？」

こんなふうにです。大切なのは、相手に「好印象だけを与える」ということです。それに尽きます。反対に「いかにも自分は意識高い系です」といったアピールは絶対にNGです。常識的な処世術だと思いますが、それを知らずに滔々《とうとう》と自分の目的意識について語り、「自分語りの〇〇クン」「意識高い系の××さん」と呼ばれるようになった人も何人かいました。面と向かってそう呼ばれることはなかったと思いますが、そうした人々は、すぐに自分が嗤われていることに気づき、ほぼ例外なくやめていったものでした。

十月に入り、サークルでM大祭の出展についての打ち合わせが頻繁に行なわれるようになりました。昨年はコロナでM大祭自体が中止でしたから、みんな気合いが入っているようでした。とは言え、コロナはまだまだ終息したとは言えない状態で、感染には最大限に注意を払っての開催でした。

中心になるのはぼく達二年生で、一年生は先輩のアシスタントを務めるのが建て前です。しかしそのサークルには、新入会員であっても、なにかアイデアがあれば自由に提案していいという雰囲気がありました。ぼくは全体として聞き役に徹しながら、時折「尖《とが》りすぎず」また「凡庸すぎない」程度の意見を述べたりしました。あまりいいアイデアを出したりすると、中心になって進めるリーダー役を押し付けられるからです。人をまとめる体験ができていい社会勉強になるのでは、と思われるかもしれません。しかし、そういうのはいたずらに消耗するだけで、具体的なメリットにつながることはほとんどありません。つまり「損」なのです。そうした話、と言うより愚痴を、ぼくは先輩から散々聞かされていました。本当に役に立つのはそうした「愚痴」なのです。

ぼくがみんなにバカにされない程度の意見を言います。それを頷《うなず》きながら聞いていた誰かが、最初に自分が思いついたアイデアであるかのように、ほんの少しだけアレンジした案を出し、採用される。ぼくは拍手でそれを支持する。採用された者が先輩達からリーダー役を命じられる。理想的な流れです。

何度目かの打ち合わせで出展内容がほぼ決定しました。大雑把に言うと、『大学における起業支援コミュニティ・プログラムの多様化とその将来的展望』といったものです。具体的には、そのテーマに沿った研究発表やデータを分かりやすく展示し、ぼく達のサークルの活動をアピールする。もっともらしい文言が並んでいますが、内容は、まあ底が知れています。ネットで拾えるような記事のつぎはぎでなんとなく体裁を整えただけの空疎なもの。それでいいのです。ぼく達の目的は、大学の支援を取り付け、人的ネットワークへのアクセスを容易にすること。そして何より、「就活時、ＥＳに堂々と記入できる在学中の活動実績」を作ることなのですから。あえて偽悪的な言い方をすれば、一種のスタンプラリーです。その時点で本気で起業したいと思っていた者は、おそらく四、五人程度だったのではないでしょうか。入部時は誰しも希望を持っていたはずなのですが、いろいろな事例を見聞きするうち、現実というものが否応《いやおう》なしに見えてきます。先行きの不透明さ、日本経済の危うさ、不安定さは、日一日と増大していくばかりです。こんなときに起業するなんて、リスクが大きすぎます。万一失敗したらそこで人生完全に詰みです。そうなると目も当てられません。

ともかく、方針が決定して一安心したぼく達は、前祝いに渋谷へ繰り出すことになりました。前祝いといっても、打ち合わせの後は大抵渋谷に出るのがＭ大生の常でした。それが楽しみでサークルに在籍しているると公言する者もいるくらいです。

その日は『とり九郎』というM大生御用達《ごようたし》の大衆居酒屋に行きました。気を利かせた先輩の誰かが連絡して、有名OBの一人が参加してくれることになりました。

座敷《ざしき》の大テーブルを占拠し、ビールでの乾杯の後、決定した出展内容について思い思いの感想を言い合います。なにしろ起業系のサークルですから、みんな物言いが自《おの》ずと背伸びしたものになりがちです。

「ITベンチャーって呼び方自体が死語だよねー」

「シロウトほど日経平均を気にしすぎ。飛び抜けた発想さえあれば株価なんて後から付いてくるって」

「GAFAってもう終わってるよね。問題は次に何が来るかだよ」

聞く人が聞けば噴飯物の会話でしょう。わけ知り顔で、独りよがりで。でもそれが学生というもので、ぼくもその一人にすぎません。みんなの話に頷きながら、時折口を挟んでは、自分の存在をアピールします。それくらいでいいのです。とりあえず自分のポジションさえキープできていれば、このサークルに在籍する意味はあります。すなわち、OBの人達との接点です。実践的なアドバイスをもらえればラッキーだし、うまくいけば人脈のコネを紹介してもらえるかもしれません。

「あっ、児玉《こだま》さんがいらっしゃったぞ」

三年生の一人が声を上げました。「児玉さん」とは、その日のゲストであるOBで、独自の方式によるマッチングアプリの開発で多少――あくまで多少です――知られたベンチャー企業の創業社長でした。

座敷はすでにいっぱいになっていて奥へ入りにくい状態でした。廊下側に背を向けて座っていたぼくは一旦座敷から出て、児玉さんが通りやすいように場所を空けました。

「おっ、ありがとう」

スーツ姿の児玉さんは笑顔で礼を言い、奥の上座へと入っていきます。

「ここ来るの何年ぶりだろうなあ。ちっとも変わってないね」

懐かしげに言う児玉さんを、先輩達が冷やかします。

「いつも銀座《ぎんざ》で飲んでるんでしょ。オレらはそっちの方がいいですよ」

「バーカ、銀座なんて子供の行くとこじゃないんだよ。オレはまだまだガキだからさ、ホント言うとこっちの方が好きなわけ」

「あっ、その演出的スタイルが成功の秘訣《ひけつ》ですね、児玉さん」

「見抜かれたか。こりゃあ油断できねえなあ」

和やかな笑いに沸いた座敷に戻ろうとしたとき、横から不意に呼びかけられました。

「あれ、川辺じゃん」

その声に、ビールの酔いが一瞬で蒸発したような気がしました。

「ああ、やっぱり川辺だ。オレだよ、オレ」

こちらの様子に気づいているのかいないのか、親しげな様子で近寄ってきた高井戸は、座敷

の中を一瞥し、

「コンパの最中？　そう言やおまえ、Mに受かったんだっけ。じゃあ、こいつらみんなM大か」

侮蔑の臭いが感じられる言い方でした。近くに座っていた女子部員が振り返って高井戸を見ました。

「ちょっと……」

ぼくは慌てて高井戸を店の外へと引っ張り出しました。幸いみんなは児玉さんを迎えての歓談に夢中で、ぼくらの方に視線を向けている者はその女子以外にはいませんでした。

「オレは奥のテーブルにいたんだけどさー、まさかおまえがいるとは思わなかったわー」

店を出た高井戸は、渋谷の路上で遠慮のない大声を上げています。

「ここ、おまえらよく来んの？　オレ、渋谷なんて滅多に来ないからさー。さっきのあれ、なんかのサークル？　みんなM大生でしょ。そんな感じしたよ。なんつーかさ、こう、独特のセンスしてるじゃん、Mって」

慶應へ入った高井戸は、明らかにM大を見下していました。

「酔ってんのかよ、おまえ」

「酔ってなんかねえよ。なんてサークル？　よかったらオレも入れてくれよ」

「悪いけどウチ、学外部員は認めてないんだ。今日はOBの人が来てるんで、また今度ゆっくりな」

「そっか、じゃあ仕方ないな」

意外にも素直に応じた高井戸は、そのまま店へと戻りかけました。安堵《あんど》の息を漏らしたとき、振り向いた高井戸がぼくの肩をつかみました。

「今度ゆっくり、必ずな」

「ああ、分かってるよ」

高井戸の手には、親しさとはとても言えない力が籠もっていました。

「今度は渋谷なんかじゃなくて、新宿で飲もうよ、前みたいにさ」

ぼくは声を失いました。よほど顔に出ていたのでしょう、高井戸はぼくの様子を見て満足そうに付け加えました。

「ケーシンさんもおまえに会いたがってたぜ」

最も聞きたくない名前が飛び出しました。

「オレなんかに……なんであの人が……」

「やっぱさあ、一緒に遊ぶんなら信用できるヤツがいいってことじゃない？　ケーシンさんに気に入られるって、おまえ、サイコーだよ、サイコー」

再び店へと入っていった高井戸とは対照的に、ぼくはしばらくその場を動くことができませんでした。

我ながらのろのろとした動きでスマホを取り出し、「ケーシン」で検索してみました。無数の動画がヒットしました。思わず目を背けたくなるような水色の髪に白塗りの顔。以前よりもメイクが派手になっていますが、増えた皺《しわ》もはっきりと分かります。それでも彼は、自称「トー横の守護神」として、多くの中高生から支持を集めているようでした。

唐突にあの感触が甦《よみがえ》りました。口の中で蠢く触手のような生温かい生き物。甘く穢《けが》らわしい、幼い生殖器官の味。こらえきれず、ぼくは路上に吐いてしまいました。

「学生が調子に乗りやがってよう」

飛沫《ひまつ》を浴びそうになったサラリーマンふうの男が、そう毒づいて通り過ぎていきました。

すみませんと詫《わ》びる余裕もなく、急いで店に戻りました。

高井戸は今でもケーシンとつるんでいたのです。きっと、女子中学生達を相手に、危ない行為を繰り返しているに違いありません。ぼくは一度きりだからまだよかった。あんな遊びを続けていたら、きっとやめられなくなっていたでしょう。

何が「トー横の守護神」だ。ケーシンはトー横に集まってくる子供達を利用しオモチャにしているだけなのです。

「どうしたの、川辺君。具合でも悪いの」

座敷に戻ると、さっき振り返った女子に尋ねられました。

「酔ったみたいでさ、涼もうと思って外に出たんだけど、ちょっと我慢できなくて吐いちゃった」

「大丈夫？」

「うん、もう平気だから」

「そんなに飲んでないと思ったんだけど」

その女の子は、ぼくの言いわけを信用していないようでした。

「さっきいた人、知り合いなの？」

「うん、高校のね。それほど親しくはなかったんだけど」

「あの人、奥に戻るときに、『こちら、なんてサークルですかあ』なんて、大声で訊いてったよ」

「えっ」

あいつ――怒りと不安で、また吐きそうになったのを覚えています。

「それで、どうしたの」

「別に。会長が『M大の学生起業研究会でーす』ってノリで返事してた。そしたら『すごいですねー』とか言って行っちゃった」

「ごめん、迷惑かけて」

「迷惑も何も、ただそれだけだから。誰もなんとも思ってないけど、川辺君の様子の方が変だったし」

「うん、今日はなんだか体調悪いみたい」

「そっか。川辺君、M大祭のテーマ、ずっと真剣に考えてたもんね」

「自分では平気だと思ってたけど、疲れが出たのかもね」

適当にごまかして席に座りました。他の人達は児玉さんにあれこれと質問するのに夢中になっているようです。

その日はそれ以上飲まず、また二次会にも参加せず、自宅へと戻りました。顔色が本当に悪かったらしく、誰にも引き留められませんでした。


高井戸から自宅に電話がかかってきたのはその翌日でした。

「優人、高井戸君から。ほら、高校の同級生だったかっこいい子」

話題のドラマを倍速で観ていたぼくに、母が固定電話の子機を差し出します。この家に入居するとき、父は「今どき固定電話なんか不要だろう」と言ったのですが、母は「優人のクラス名簿に載るのが携帯の番号だと、ちゃんとしていない家だと思われる」と主張したのです。

〈昨日は久々に会えて嬉しかったよ。おまえ、起業なんか考えてんの？〉

受け取った子機から、あの聞きたくもない声が流れてきました。

ぼくは急いで自室へと移動しました。

「考えてねーよ。在学時の実績作りになるかと思ってさ」

〈ふーん。ま、それはどうでもいいけどさ、今度どっかで会わね？〉

やっぱり、と思いました。

「それはいいけど、今文化祭のシーズンだろ？　ウチでもM大祭ってのがあってさ、その準備で忙しいんだ」

〈ああ、ウチもそうだなあ〉

「三田《みた》祭は有名だからな。おまえはサークルとか入ってねえの」

〈入ってるよ。大学公認の投資サークル〉

意外でもあり、そうでもないような回答が返ってきました。

「学祭で発表とか出展とかしねえの」

〈オレ最近ほとんど顔出してねーから……そんなことよりさあ、学祭が一段落したらそんときはさ〉

「ああ、分かってるよ」

〈じゃあ、連絡先教えてくれる？〉

「えっ……」

〈おまえ、スマホの番号変えただろ。なんでわざわざ実家に電話したと思ってんだ〉

そうなのです。大学に入るとき、ぼくはスマホを買い換えたのです。同じ番号を移行させることも可能でしたが、あえて変更しました。それまでの人間関係をすべて捨ててしまいたかったからです。必要な人にはこちらから新しい番号を連絡すればいいだけです。要するに、高井戸やケーシン、トー横、カラオケ店での忌まわしい一夜、そういった記憶のすべてを忘れたかったということです。

なのに、会ってしまった。偶然とは言え、高井戸なんかに会ってしまった。

〈……おい、なにもったいぶってんだよ。早く教えてくれよ〉

電話の向こうで舌舐《したな》めずりしている高井戸の顔が見えるようでした。こっちの思惑など、彼は最初から承知していたに違いありません。

「じゃあ、今から言うぞ……」

ぼくは平気なふりをして番号を教えざるを得ませんでした。

高井戸にはあの一夜のことを知られているのです。あのことを漏らされたりしたら、就職どころではなくなってしまいます。

〈じゃあ、学祭が一段落した頃にまた連絡するから〉

「おう、待ってるよ」

電話を切ったときのぼくの虚脱感、焦燥《しょうそう》感を想像してみて下さい。普通の大学生として普通に活動し、三年生になるタイミングで普通に就活を開始するつもりだったのに。

高井戸という名の悪意は、ぼくにとってこれ以上ないくらい大きなストレスとなりました。


しかし、そんな心配は杞憂《きゆう》に終わりました。

学祭シーズンが終わっても、高井戸が連絡してこなかったのです。彼は単に、ぼくをいたぶって楽しみたかっただけなのでしょう。本当に性格の悪い男ですが、そんな奴と関わってしまった自己責任でもありますので、あきらめるよりありません。この教訓を活《い》かし、今後はもっと慎重に付き合う相手を選ぶようにしなければと、極力前向きに考えるようにしました。

年が変わり、三年生になりました。リアル、オンラインを問わず、起業サークルにも新入生が見学にやってきて、説明会や新歓コンパなど、さまざまなイベントに追われたりするうち、瞬く間に日が過ぎていきました。

実は二年生の終わり頃に彼女ができました。渋谷の大衆居酒屋で高井戸と話しているところを目撃した女子です。大したきっかけはなく、学生同士のノリでなんとなく付き合うようになりました。聡明《そうめい》な女子学生でしたが、それだけにぼくに本気で起業する気がないことを早々に見抜かれてしまいました。そうです。彼女は本気でビジネスを始める気だったのです。

とてもじゃありませんが、いろんな意味でぼくには付き合いきれません。彼女の方でも、ぼくに見切りをつけたのでしょう。どちらからともなく自然消滅に近い形で別れました。交際期間は四ヵ月と少しでしょうか。でもサークルで会えば普通に話もしますし、特に気まずいということはなかったと思います。彼女がすぐに四年生の先輩に乗り換えたという話が耳に入りましたが、気にもなりませんでした。それだけ本気ではなかったのでしょう。ぼくは心から彼女の成功を願うばかりでした。

そして六月。そろそろ前期試験の準備を始めようと思っていたとき、スマホに着信がありました。

〈オレだよ、オレ〉

まるで振り込め詐欺のような切り出し方です。

〈今まで連絡しなくて悪い。投資の方で忙しくてさ。詳しいことは会ったときに話すけど、ケーシンさんがおまえに会いたいってよく言ってんだよ。それで、次の土曜とかどう？　あのケーシンさんのご指名なんだからさ。なんとか都合つけてくれよ〉

有無を言わせない強引さが感じられました。断るとどういう態度に出てくるか分からない恐怖があります。

「次の土曜ね。分かった。行くよ」

〈そう言ってくれると思ったよ〉

当然だと言わんばかりの口調です。

〈じゃあ、四時にトー横で。せいぜいキメて来いよ〉

一方的に言って電話は切られました。ぼくはしばらく放心していたと思います。

トー横。ぼくにとって最も忌まわしい場所です。

高井戸はケーシンとやはり〈あの行為〉を繰り返しているのでしょう。

そもそも、高井戸のように計算高い人間が、どうしてケーシンのような人種と付き合っているのか。たかだか一時的な快楽のためだけとは思えません。それだとリスクが高すぎます。小中学生の女子に対する特殊な嗜好があったのかもしれませんが、あれこれ考えてみて、ぼくはひとつの仮説に至りました。それは、ケーシンが全身にまとっている「非日常の空気」とでも言ったものに惹《ひ》かれてのことではないでしょうか。高井戸は下劣な人間ですが、日常の中に身を潜めさせているだけあって、ケーシンのように全身で非日常を体現することはできません。人は他者に、自分にないものを求めると言います。高井戸はどこか本気でケーシンに憧れていたんだと思います。大学では民俗学基礎の授業も受けていましたが（楽勝科目だと聞いて選択しただけです）、その授業で「ハレ」と「ケ」について学びました。ハレとは「晴れ」であり、ケとは「褻《け》」すなわち「日常」のことです。ケーシンはまぎれもない悪党ですが、どこか人を惹きつける「ハレ」の部分があったことは否定できません。だからこそ、あんなに大勢の少年少女が彼を慕って集まったのでしょう。そんなケーシンとつるむことによって、高井戸は自分も「ハレ」のオーラを身に付けているように錯覚していたのかもしれません。普通の学生には知ることの叶《かな》わぬ世界を、自分だけは知っているんだぞと。

しかし、これ以上巻き込まれるのはごめんです。そうかと言って、約束してしまったからには行かないわけにはいきません。

直接会うだけは会って、今度こそあいつらと縁を切る——そう心に決めて、土曜日、ぼくは新宿へと出かけました。

土曜日の歌舞伎町《かぶきちょう》ですから、大した人出です。コロナ自粛の反動もあるのでしょう。その頃には、「トー横キッズ」という言葉も一般化していて、見廻りのボランティアでしょうか、制服みたいなジャケットを着た年配のおじさん達の姿もありました。それだけに、ヘタをすると世間の注目を集めかねません。ケーシン達に関わるリスクが格段に高まったと言えます。

ケーシンの居場所はすぐに分かりました。そこだけ女の子が山のように群がっていたからです。その中心にケーシンと、高井戸がいました。

「あらー、川辺クン、おひさー」

ぼくの顔を見るなり、ケーシンは白塗りの顔を気味悪く歪めて言いました。なんだか以前とは喋《しゃべ》り方が違っています。だいぶキャラを作っているようでした。

「こんちわ、ごぶさたっす」

ケーシンにそう挨拶するだけで、女の子達が互いにひそひそ話をしながらぼくに注目しています。ケーシンとのツーショットを撮ろうとスマホのカメラを一斉に向けられるのは正直迷惑でしたが、顔を隠すわけにもいきません。

ケーシンはボランティアの人達と炊き出しのおにぎりを作り、それを集まってきた子供達に配っているところでした。

「じゃ、後は任せたから。アタシが戻るまでヨロシクね」

半透明のビニール手袋を脱ぎながらアシスタントらしい青年にそう言い残すと、ケーシンはぼくと高井戸を連れてその場を離れました。どうやら新大久保《しんおおくぼ》の方へ向かっているようです。

「ケーシンさん、ご苦労様っす」

すれ違う人達が挨拶していきます。それだけで以前にも増したケーシンの影響力が分かりました。

「いいんですか、あんなとこで勝手に炊き出しなんかやって」

思わず訊いてしまったぼくに、ケーシンは太い声で言いました。

「どうして勝手にやってるって分かるのよ」

「え、あ、すみません……」

俯いてしまったぼくの頭を親しげに抱え、

「いいの、謝んなくて。勝手にやってるのはホントなんだから。けどね、そろそろ限界。ヤクザも自治体も融通が利かないとこは似てるから。来週あたり、手入れが入るって情報があるんで、炊き出しイベントは今日でおしまい」

「そんな情報、どっから入るんですか」

またも尋ねずにはいられませんでしたが、

「いちいちよけいなこと訊いてんじゃねーよ」

高井戸に遮られてしまいました。

「それでアンタ、今日までナニやってたのよ」

「なにって、普通に大学生やってました。オレ、学費のためにバイトやってますから、結構忙しいんすよ」

「へえ、学費。大変ねえ」

意味ありげにケーシンがぼくの方を横目で見ました。

「じゃあ、今日は川辺クンをたっぷり励ましてあげなくちゃねえ」

「そんな気はつかわないで下さいよ。こうして久々にお会いできただけで充分です」

相手の気分を害さないよう、「もう会わない」ということをどう切り出せばいいのか、ぼくは必死でした。

「水臭いこと言わないで。せっかくの再会なんだから、今日は楽しくやりましょうね。女の子達もワクワクしながら待ってるんだから」

最悪なことを言い始めました。

「ちょっと待って下さい、ぼくはもう――」

「今さら逃げられると思ってんの」

口調は同じですが、ケーシンの目つきが一変しました。

「ああいうのはね、みんなでやるから楽しいの。人生はパーティーなの。いい？　毎日がパーティー。それがサイコー」

そしてケーシンは、スキップするように一人で足を早めました。彼が離れた隙に、ぼくは高井戸に向かい、それまでずっと抱えていた疑問を小声で口にしました。

「なんでオレなんだよ。日浦や桑江達はなにしてんだよ」

「日浦は多浪中でノイローゼ気味。アイツはもう大学なんてゼッテー無理だろ。桑江は付き合ってた女に梅毒うつされてやんの。神学部のクセして遊びまくってた罰が当たったんだな」

「岡本は」

「アイツは入院中」

「えっ」

「ケンカに強くなってカッコつけようとでも思ったんだろうな。未経験なのに格闘系のサークルに入って、練習中に事故った。それで下半身不随。残りの人生、ずっとベッドの上だってさ。バカだよバカ」

あれほどつるんでいた仲間だというのに、高井戸の言葉からは一片の情も感じられませんでした。

「慶應にツレはいねえのかよ」

「いないわけじゃないけど、みんな将来の大事な人脈なんで。こんな遊びに呼び出せるもんか」

要するに、自分の大学では真面目なふりをしているというわけです。

「オレだって困るよ。おまえの相手をして一生を棒に振るつもりなんてない」

「勘違いするなよな。オレの相手じゃない。ケーシンさんの相手なんだよ」

あっさりとした高井戸の口調には、強烈な悪意が含まれていました。改めて書いておきますが、彼に恨まれるようなことをした覚えは一切ありません。無自覚で、全方位的な悪意です。その射程圏内にいたぼくが捕捉されてしまったのです。

「そうよ川辺クン。ここで逃げたりしちゃ、アタシの番組で君のこと暴露しちゃうかも」

ずっと聞き耳を立てていたのか、ニタニタと笑いながら振り返ったケーシンが言います。それこそが彼の本性でした。

「心配しないで。今日のために粒選《つぶよ》りの女の子を揃《そろ》えたから。アンタもきっと気に入ってくれると思うわ」

トー横キッズの味方を気取り、その一方で、彼女達を弄ぶ。卑劣とはこういう奴のことを言うのでしょう。もちろん高井戸も同罪です。

なんとか口実を設けて逃げないとまずいことになる。それが分かっていながら、ぼくにはケーシンに付いていくことしかできませんでした。しかも横には、逃げられないように高井戸がぴったりと貼り付いています。そこまでして違法な「遊び」にぼくを巻き込もうとする意図はなんだったのでしょう。なんの根拠もありませんが、おそらく意図なんかなかったのだと思います。純粋な嫌がらせと、面白半分の暇つぶし。要するに小学生のいじめと同じです。あるいは、人の人生を堕落させる喜びといったものでしょうか。そうと思わせるタチの悪さが高井戸にはありました。もちろんケーシンにも。

大久保通り沿いのマンションに入ったケーシンは、六階にある部屋へと入りました。表札や看板は出ていません。一見するとごく普通の住居でした。玄関には、いくつもの女物の履き物が脱ぎ散らかされていました。どうやらケーシンの隠れ家のようです。

「おかえりなさーい」

中にいた数人の女の子達が駆け寄ってきました。どの子も中学生のようでした。三年前に歌舞伎町のカラオケ店で会った子達とは顔ぶれが違っています。あのときと同じ子であったら、とっくに高校生になっているでしょうから。

「さ、遠慮しないで早く入って」

促されるまま上がり込むと、部屋数も多く、外見より高級そうな物件でした。

奥のリビングには、若い男も三人いてソファにふんぞり返っていました。身なりは今の若者ふうと言えば言えるのですが、どこか崩れた感じがして、普通の人とは明らかに違う雰囲気をまとっていました。ネットの動画で見た半グレというやつかもしれません。

まずい所へ来てしまったと、ぼくはいよいよ焦りました。

「遅かったっすねー、ケーシンさん。オレら、先にやらしてもらってますよ」

中の一人が手にした缶ビールを掲げて言いました。

「いーのいーの、気にしないで。今日はパーティーなんだから。みんな、紹介するわね。高井戸クンのお友達で川辺クン」

女の子達が拍手する中、男の中の一人が立ち上がって声を上げました。

「川辺？　やっぱりそうか。おい、オレだよ、菊地だよ」

正直、愕然《がくぜん》としました。濃いブルーのサマーニットを着たその男は、まぎれもなく菊地でした。そうです、中学受験に失敗して公立中学に行ったあの菊地です。

「なんだ、川辺クンて、くっちーの知り合いなの？」

ここで菊地は「くっちー」という、まるで不似合いな愛称で呼ばれているようでした。驚いているケーシンに、菊地が嬉しそうに説明します。

「小学校のツレなんすよ。こんな所で遇《あ》うとは思わなかったなあ。あの頃は真面目な小坊だったのに、大学生デビューかよ……あ、大学生でいいんだよな？」

「ああ」

「で、どこの大学？」

答えないわけにはいかないだろう――そう考えている間に、高井戸が先に答えていました。

「M大だよ」

「Mかあ。ふーん。それなりのとこ行ってんじゃねえかよ」

硬直しているこちらの全身を睨《ね》め回《まわ》す菊地の両眼には、青黒い隈《くま》ができていて、まともな生活を送っているようにはとても見えませんでした。

「くっちーとはさあ、六本木《ろっぽんぎ》の店で知り合ったんだ。いやあ、川辺のツレとは知らなかったよ」

高井戸も本当に驚いているようでした。

「ステキな再会にみんな拍手ーっ。ぱちぱちぱちーっ」

ケーシンのかけ声で女の子達が一斉に拍手します。はっきり言って、菊地は生涯再会したくなかった相手ですが、こうなると表面上は友好的な態度を取らざるを得ません。

「いやあ、何年ぶりかなあ。それで菊地はどこの大学？」

すると菊地は急に不機嫌な表情になり、

「受けてもいねえよ、大学なんて」

しまった――と後悔しました。知らずに地雷を踏んだのです。でも、人に大学名まで訊いておいて、それはないだろうとも思いました。

「大学なんてロクなもんじゃねえ。どんなにいい大学出たって、生涯賃金なんて知れてるし。それよか遊んで暮らして金儲《かねもう》けできる方がいいに決まってるじゃん」

ふて腐れたように言い放つ菊地の顔は、小学生時代の面影を残しつつも、不穏に歪んで見えました。その全身からは、真っ当ではない、自堕落な生活を感じさせる空気を放っています。

中学受験に失敗して以降、彼はどんどん普通の生活から逸脱していったのでしょう。その過程が目に浮かぶようでした。

他の二人の男はニヤニヤと笑いながら缶ビールを口に運んでいます。彼らも菊地と同類なのは間違いありません。そして一応は大学生である高井戸も。

それにしてもケーシンは一体どういう人達とつながっているのでしょうか。分かっているのはただひとつ——こんな連中とは関わらない方がいいということだけです。

「まあとにかく二人ともそこ座って」

ケーシンに言われるままに、高井戸と並んでソファの隅に腰を下ろしました。

「ねえねえ、川辺クンも飲んれよお」

女の子の一人が、呂律《ろれつ》の怪しい口調で缶ビールを差し出してきました。未成年なのに、すでに飲んでいるようです。もしかしたら、薬か何かをやっていたのかもしれません。

「え、ぼくは……」

断ろうとしましたが、ケーシンがじっとこちらの様子を窺《うかが》っていることに気がつきました。

「ありがとう」

アルミ缶を受け取り、開栓します。同時にケーシンが満足したように視線を逸らします。

ここでケーシンの機嫌を損ねるとまずいことになる——ぼくはそう直感しました。一刻も早くこの場から逃げ出さないともっとまずいことも明らかです。一体どうすればいいのか。ビールをできるだけ少しずつ口に含みながら懸命に考えました。でも何も思いつきません。

ケーシンに代わって、今は菊地が嫌な視線を向けてきます。小学生時代の彼は、とことん性格の悪い子供でした。それがさらにひねくれて、迂闊《うかつ》に声をかけられないほど不機嫌そうな雰囲気を醸し出しています。きっと順調に進学したぼくが妬ましくてならないのでしょう。とんだ逆恨みというものです。でも彼は、そうと自覚することさえなく、すぐにでもぼくに絡んでくるに違いありません。

「おい……」

案の定、菊地がぼくに向かって何か言いかけたのと同時に、それに勝る大声をケーシンが上げました。

「一人足りないじゃない。レミちゃんはどうしたの」

菊地の声はケーシンの叫びにかき消された恰好です。彼もやはりケーシンには逆らえないのでしょう。言いかけた言葉をそのまま呑み込んで、間の悪さをごまかすようにビールを呷《あお》っています。

「ねえ、レミちゃんは？　誰か知らない？」

ケーシンは執拗に追及しています。

「あの子、昨日から咳《せき》してて……熱もあるって……本人は来たがってたんだけど……」

女の子の一人がおずおずと答えると、ケーシンは大仰に叫びました。

「それって、もしかしてコロナじゃないのっ」

「分かんない……だからあたし、来ない方がいいって……」

ケーシンは汚物でも見るような目で女の子を見つめ、

「あんた達、ルームシェアしてたわよね？」

「うん、でもあたしはなんともないから……」

「このバカがっ。オレにうつったらどうしてくれるんだよっ」

顔付きも口調も一変させ、ケーシンは本性を剝き出しにして怒鳴りました。

「なんでもっと早く言わねえんだよっ。パーティーは中止だっ。おまえら、ちゃんと部屋の消毒しとけよっ」

そして振り返ることもなく部屋から飛び出していきました。

残された者達は、呆気《あっけ》に取られたように顔を見合わせています。後には言いようもなく気まずい空気だけが残りました。

「帰ろっか」

「そうだね」

女の子達はそんなことを囁き合うと、そそくさと帰り支度をしています。

「おい、待てよ」「いいじゃんかよお、オレらだけでさー」「せっかく集まったんだしよォ」

当てが外れた菊地達は、慌てて女の子達を引き留めにかかりました。

「いや、放してっ」「ざけんなよコラ」「放さないと警察呼ぶからっ」「呼べるもんなら呼んでみろよ」「そうだ、親に知られてもいいのかよ」「今さら親なんてどーでもいいに決まってるじゃん」「ウチら未成年だし、あんたらが逮捕されるだけじゃん」「なにをっ」

とうとう彼らは玄関のあたりでつかみ合いを始めました。

今だ、と思いました。ぼくは彼らの横をすり抜け、自分の靴をつかんで外に出ました。急いで靴を履きながら、エレベーターの方に向かって走りました。

廊下の角を曲がると、一基しかないエレベーターは一階へと降下中でした。おそらくケーシンが乗っているのでしょう。さっきまでいた部屋の方から、数人の足音が近づいてきます。間違いなくあの女の子達、それに追ってきた菊地達です。高井戸もいるかもしれません。

エレベーターの横には、非常階段のドアがありました。ぼくは咄嗟《とっさ》にドアを開けて階段に出ると、音を立てないように注意してドアを閉め、上の階へと上がりました。下へ駆け下りたりしたら、すぐに見つかってしまうと考えたからです。

上の階で息を潜めていると、誰かが下のドアを開けて様子を窺っている気配がしました。きっと高井戸です。もしかしたら菊地かもしれません。でもドアはすぐに閉められました。用心して十分くらいそこに隠れてから、ぼくは足音を立てずに非常階段を使ってマンションの外に出ました。エントランスのあたりでは誰かと出くわさないか冷や冷やしましたが、幸い誰にも見つからずにその場を離れることができました。

帰宅したぼくは、窮地を脱した安心と、今後起こり得る事態への不安とで、ひどく混乱した状態でした。母に見つかるときっと何かあったと悟られるので、自室に入って布団に潜り込みました。

あんな所、やはり行くべきではなかったのです。高井戸には「バイトがある」とか口実を設けて断ればよかった。ぼくはしきりと後悔しましたが、もう手遅れです。よりにもよって、菊地と出くわすなんて。

高井戸が菊地とつるんでたなんて。

類は友を呼ぶとはまさにこのことでしょう。慶應大生の高井戸と、ヤカラふうの菊地にはなんの共通点もないようで、実際はその内側に同じ悪意を隠し持っているのです。

しかも、菊地の実家は今も同じ学区内にありました。父が左遷されたことで、母は近所付き合いを避ける傾向にあったため、菊地が今も実家にいるのかどうかは分かりません。それでなくても中学進学以来、近所の同級生の話なんて、うちで話題になった記憶すらありません。もしかしたら食卓で母が何か話していたかもしれませんが、ぼくはすべて聞き流していました。

布団の中でその日の出来事を振り返ると、ケーシンの反応はいかにも異様でした。あの男があそこまで潔癖症だとは思わなかった。一種病的なまでのパニックぶりでしたから。

おかげで〈パーティー〉から逃げ出すことができたのですが、いつまた高井戸から連絡があるか知れたものではありません。いっそアドレスや番号を変えてしまおうかと思いましたが、高井戸には実家の番号を知られています。そもそも菊地の実家なんて、直接歩いて来られるくらいの距離にあるのです。

それからしばらくの間、ぼくは不安でなりませんでした。いつ高井戸から電話がかかってくるか。いつ菊地が家のインターフォンのボタンを押すか。生きた心地もしませんでした。

ぼくは大学での授業とバイトに専念し、できるだけ家にはいないようにしました。それで奴らの接触を防げるというものでもありませんが、家にいるよりはなんとなく安心できたのです。

真面目に勉強し、バイトのシフトを極力増やす。それで成績は上がり、奨学金も早く返せる。一石二鳥だと自分に言い聞かせました。そうした生活態度がいい方向に働いたのでしょう。次第にぼくは前向きに考えられるようになっていきました。

今度高井戸から電話があったら、きっぱりと言ってやろう。おまえとはもう付き合わないと。

たとえ彼が高校時代の話を持ち出してきたとしても、突き放してやればいいだけです。だって、それを言えば高井戸だって同罪のはずですから。

一度心を決めてしまうと、なんだかすっきりして、それまでになく明るく過ごせるようになりました。大学やバイト先での友達も増えました。みんな真面目でいい人達でした。何より普通の人達でした。それがぼくには一番心地好かった。

——優人はマジいいヤツだなあ。

——優人は本当に付き合いやすいから助かるよ。

——優人といるとほっとするよ。

そんなことを言われたりするようになりました。それがどれほど嬉しかったことか。逆に、今までぼくの周りにいた連中は一体なんだったのか。大げさに言うと、違う世界に生まれ変わったような気分でした。

そしてぼくは、いよいよ就職活動に本腰を入れ始めました。まだ起業系サークルには籍を置いていましたが、その頃にはサークルの人達とはなんとなく疎遠になっていました。けれども、大学で新たにできた友人達が心強い味方になってくれました。高井戸や菊地の件があって、なんとなく出遅れ気味であったぼくに、就活についてのさまざまな情報を教えてくれたのです。彼らの厚意や親切には感謝の言葉もありませんでした。

その結果、ぼくは無事に教育ビジネス大手『ゼミスラ・コーポレーション』の内定を勝ち取ることができました。正直に言うと、第一志望であった外資系の金融会社をはじめ何社も落ちているのですが、この時代にそれくらいは普通です。最終的に大手の有名企業に入れたわけですから、もうなんの不満もありません。両親に至っては、ぼくが生まれて初めて見るような笑顔で喜んでくれました。

なにしろ、これで本当の終わりなのです。

中学受験も、高校受験も、大学受験も、すべてはこのためにあったのですから。

M大より上位にある大学を出ていたとしても、大手の有名企業に就職できなければ意味はありません。国家公務員として省庁に入ったか、医師や弁護士等になったか、在学中に起業してすでに成功しているとかなら話は別ですが、そうでなければ勝ったのはぼくなのです。ぼくなんですよ。

単身赴任先から久々に帰ってきた父を交え、親子三人でレストランへ行きました。ぼくの就職祝いです。こうして家族で食事をするのは、一体何年ぶりだったでしょうか。父は終始にこにこと笑っていました。母はうっすらと涙さえ浮かべていたように記憶します。もっとも、それがぼくの記憶の捏造《ねつぞう》でないという証拠はどこにもなく、もしかしたら、それほど感動的なものではなかったかもしれません。でも、いいんです。家族三人でレストランに行った。ぼくの就職祝いのために。その事実さえあればいいんです。

すべてがいい流れでした。

何よりもよかったのは、あれほど心配していた高井戸からの連絡は、どういうわけか、またしても来なかったということです。考えてみれば、高井戸だって就活で大変だったわけで、ケーシンや菊地なんかとつるんでいる暇なんてなかったはずです。

高井戸がどこに就職したのかなんて知りたくもありません。すべては終わったことなのです。

こうしてぼくは新社会人として新たな人生を始めることとなりました。だけど、奨学金の返済がまだまだ残っているので、実家での生活は変わりません。生活費の節約は当面続ける必要がありました。それでも、学生と社会人では、両親の負担が違います。特に母は、なんだか憑きものが落ちたような表情をしていたのを覚えています。

社会人としての毎日が始まりました。何もかもが順調でした。

数ヵ月に及ぶ研修の後、ぼくが配属されたのは「教育事業本部総合企画局企画推進部第一課」という部署でした。教育事業全般を手がけるゼミスラ・コーポレーションでも花形と言われている部署で、そこから出世した社員は社内エリートとして優遇されるという話です。役員も夢ではないと聞きました。実際に、創業者一族は別として、歴代の幹部にはこの部署の出身者がとても多いのは事実です。誰であっても奮起しようというものでしょう。

念のために書いておきますが、役員になりたいと思ったわけではありません。むしろなりたくないと言った方が近いでしょう。

矛盾しているように聞こえるかもしれませんが、これは矛盾ではないのです。ぼくは「そうした部署にふさわしいと認められた」ことが嬉しいのです。「奮起しよう」というのは、「何かを成し遂げよう」ということではなく、「何かヘマをやらかしてせっかくの好ポジから追い出されないようにしよう」という意味です。

新人として同じ部署に配属されたのは、ぼくを含めて五人でした。男性が三人、女性が二人です。新人同士、すぐに仲よくなって、ぼく達だけで飲み会を開きました。

全員が第一志望の企業ではなかったこと。でもここに入れてラッキーだったこと。特に花形部署に配属されたのはますますラッキーだったこと。それらについて、完全に意見が一致していました。ビールのジョッキを重ねるたびに、連帯感が強まっていくのを感じたくらいです。

一橋卒の中山《なかやま》は、数字や統計に強い理論派で、見るからに優秀な切れ者といった感じです。データを見極め、企画書を作成したりするのが好きだと言っていました。早稲田《わせだ》の関口《せきぐち》は、中山とは対照的に親しみやすい愛嬌《あいきょう》のある外見で、こういった飲み会を実に手際よくさばきます。つまりは実務能力に長《た》けているのです。

青学の新田《にった》もお茶の水の野々村《ののむら》も、同学年らしい、普通に親しげな雰囲気でありながら、服装ばかりかごくさりげない仕草にも隙がなく、さすがだなあと思わずにはいられません。それでいて砕けた口調の会話の中に、こちらがはっとするような着眼点や観察力をごく自然に忍ばせています。同僚としてまったく頼もしい限りです。ぼくもこの人達に負けないようがんばらねば、と決意を新たにしたものです。

とても同世代とは思えないほど、四人ともずば抜けた人材で、しかも仕事に対する明確なビジョンを持っています。よほど気をつけないと、ぼくだけが落ちこぼれてしまうという危機感を抱いたのです。それはさすがに、考えたくもないほどの屈辱です。彼らを追い抜く必要はありませんが、彼らと比べて遜色ないだけの実績を上げねばなりません。そういうことです。

できる限り時系列に沿って順番に書いていくのも、そろそろ疲れてきました。

入社してから経験したあれこれは全部省略して、ぼくの気力が尽きてしまわないうちに、必要と思われることだけを書くようにします。

ぼくは野々村と付き合うようになりました。こちらからアプローチしたんです。同じ部署の新人同士だから、というわけではなく、彼女はぼくにとって特別な存在だと思いました。理由なんて特にありません。恋愛って、大体そういうものでしょう。フィクションであろうとノンフィクションであろうと、人は恋愛に何か明快なきっかけを求めがちですが、逆にお尋ねしますけど、世の中の人はみんな劇的な、あるいはちょっと特別なきっかけがあって付き合ったりするものでしょうか。そうではないでしょう。実際は何もかもありきたりで、平凡で、淡々としていて、誰かに話した途端、いや、話す前から陳腐化しているものなんじゃないですか。それこそが普通なんだと思います。

ともかく、ぼくは彼女の誘い方にはずいぶん気を遣いました。なにしろ、他の人達と同様に、彼女は自分の仕事に意欲を燃やしている真っ最中でしたから。まず彼女の仕事ぶりを徹底的に持ち上げるところから始めました。いえ、別に無理して褒めたわけではありません。彼女の能力は明らかでしたので、素直にそれを伝えればよかったのです。もっとも、新人の五人の中で彼女が特に傑出していたということはありません。それを言えば中山も関口も、それに新田も、各々が優秀な人材です。でも、こういうときにわざわざそんなことを言うバカはいないでしょう。

また、やりすぎるのも禁物です。ストーカーとかそんなのと一緒にされたりしたら元も子もありませんからね。

はじめは聞き流しているようだった野々村も、次第にこちらの真意に気づいたようで、それとなく「ＯＫ」のサインを出してくれるようになりました。でも、こういうときは得てして「男の勘違い」が起こりがちですよね。ぼくは決して舞い上がったりせず、慎重な態度を維持したままアプローチを続けました。やがて彼女の方が焦《じ》れったく感じ始めるのが分かりました。狙い通り、向こうから大胆に踏み込んできたのです。

「ねぇ川辺さん、今日ちょっとお話ししたいことがあるんですけど」

フロアの通路ですれ違いざま、そう囁かれたとき、ぼくは内心「やった！」と思いました。

話の内容は期待した通りでした。

こうして付き合い始めたぼく達は、自分で言うのもなんですが、うまくやっていたと思います。お互い都内の実家暮らしですから、会社の帰りにこっそりバーに寄ったり、休日にデートしたりするくらいでしたけど。二人で部屋を借りたりするのは、もっと将来のための貯金ができてからにしようと話したりもしていました。もっとも、実家がそれなりの資産家であるらしい彼女と違い、ぼくは奨学金の返済で、とても貯金する余裕なんてありません。彼女は口にこそしませんでしたが、その点だけが多少不満のようでした。

しかしぼくは、あくまで彼女自身のキャリアを尊重するという姿勢を崩しませんでしたし、彼女もぼくのそうした考え方を「嬉しい」と言ってくれました。

ぼく達が付き合っていることは、間もなく同期の三人の知るところとなりました。別に秘密にするつもりもなかったので、自然と知られるようになったのはむしろ好都合だったかなと思ったのを覚えています。中山はぶっきらぼうに（それが彼のスタイルです）「よかったな。野々村さんは優秀だし」と言ってくれました。関口は悔しそうに「今度奢《おご》れよ」とこぼしていました。どうやら彼も彼女を狙っていたようなのです。同じ女子の新田は、ニヤニヤとこっちを横目に見ながら、何事かしきりと彼女に囁きかけていました。

他に、課内でも勘のいい人には一目瞭然であったようです。ぼく達が二人とも真面目に、熱意を持って仕事をこなしているので、そうした人達は概《おおむ》ねそれとなく応援してくれました。

仕事。恋愛。人間関係。そういったすべてがうまくいく時期って、どうしてこんなに短いのでしょう。それともぼくがよほど巡り合わせの悪い生まれなのでしょうか。きっと後者だろうと確信します。もし前者だとすると、それは世の中が公平であるということになってしまいます。

誰であろうと、うまくいくときは短い。

そんなの、実際は違いますよね。うまくやる人はいつまでもうまくやる。世の中が公平なんて妄想もいいとこです。今どき、小学生だって知っています。だって、こんなにも格差のある社会なんですよ。現にぼく達の会社だって、創業者の一族は最初から役職付きの特別待遇でのスタートです。有力者や有名人のコネ入社だってある。もっと現実を見てほしい。それが社会の「当たり前」なんです。

世の中には『どうあがいても越えられない壁』が存在する。生まれたときから壁の向こうに暮らす人がいる。それが認められなくて、壁の前に立ち尽くし、「いつかきっと」と空を見上げ続ける人もいますが、ぼくに言わせると時間と金の無駄でしかありません。いくら懸命に努力して『壁』をよじ登ろうとしても、徒労に終わるだけなのです。タイパで言うともう問題外ですね。それが分かっているから、ぼくはそうしたことを一切やりません。『壁』なんて越えなくていいじゃないですか。『こっち側』でそれなりに生きていければ、今の日本では恵まれている方だと言えるでしょう。それが「普通である」ということです。

話が逸れてしまいました。退屈させたならお詫びします。

何があったかを急いで記します。

入社二年目のことでした。その日は取引先の都合で仕事が早く終わり、ぼくは彼女と二人で神楽坂《かぐらざか》のフレンチレストランに行くことにしました。運よく予約が取れ、時間通りに店に行ったところ、席の用意がまだだったらしく、少しばかり入り口のあたりで待たされることになったのです。それ自体はよくあることなので、ぼくはいつもの習慣でなにげなくスマホのニュースサイトを開きました。

するとこんなヘッドラインが飛び込んできたのです。

[『トー横の守護神』逮捕　未成年に強制わいせつ行為]

驚いてすぐさま記事本文を読みました。

[警視庁は今日午前八時頃、無職・山本颯太《やまもとそうた》(33)ほか大学生を含む三名を未成年少女に対する暴行・強制わいせつの容疑で逮捕した。埼玉県から家出してきた十三歳の少女に対し、山本容疑者らが「慈善パーティーをやるから」とだまして自宅マンションに連れ込み、無理やりわいせつ行為に及んだ疑い。山本容疑者は以前から「ケーシン」の通称を用いて新宿区歌舞伎町の映画館脇に集まる青少年を保護するボランティア活動をおこなっており、「トー横の守護神」と呼ばれ慕われていた。ＹｏｕＴｕｂｅ等の動画配信者としても知られる山本容疑者は、同地域を拠点とする準暴力団とのつながりも指摘されており、違法薬物売買ほか多数の余罪があるとみて警視庁では引き続き捜査していく方針とのこと]

おそらくぼくの顔色が変わっていたのでしょう、彼女が「どうかしたの」と訊いてきました。咄嗟に「いや、なんでもないよ」と答えたのですが、そのとき彼女は頭をわずかに傾けていて、ぼくのスマホ画面に視線を走らせていました。

「最近は嫌なニュースばっかりだね」さりげなくスマホをしまいながら、そんなことを口走っていたと思います。「ほんとだよねー」怪訝《けげん》そうにぼくを見て、彼女は当たり障りのない相槌《あいづち》を打ちました。

「お待たせ致しました。どうぞお入り下さい」

店員が呼びに来て、ぼく達はすぐに席へと案内されました。ディナーコースとワインを注文し、いつものように会話を始めました。会話と言っても、仕事に対する彼女の熱い抱負をぼくはにこにこと聞いているだけです。それが一番いいのです。

でもその日は、彼女の話なんて少しも頭に入ってきません。食事だって、機械的に手や口を動かしているだけで、なんの味もしませんでした。

笑顔とともに頷いてみせ、ぎこちなくフォークやスプーンを動かしながら、ぼくの頭の中はさっき知ったばかりのニュースでいっぱいでした。

ケーシンが逮捕されたって――まだあんなこと続けてたんだ――準暴力団て半グレのことだろ――あいつのバックにはやっぱりヤバい連中が――彼女はどこまでスマホの画面を見たのだろう――もしかしたら見えていなかったという可能性だって――たとえ見えたとしても、ぼくと関係あるなんて思うわけないし――

そんなことが頭の中でぐるぐると渦を巻いていました。

中でも最も気になったのは、「大学生を含む三名」という箇所でした。

高井戸はもう卒業しているはずだから大学生じゃない——だけど留年してる可能性も——じゃあ他の二名の中に——本当にあいつなんだろうか——ひょっとして菊地も捕まったんじゃ——まさか、ぼくの方にまでとばっちりが——待て、まだそうと決まったわけじゃ——

「このブイヤベース、ハーブが効いててすごくいい香り」

「ああ、ほんとだね」

「魚の身もこりこりしてて、歯ごたえがもう絶妙って感じ」

「うん、そうだね」

さすがにぼくがどこか上の空であることを、彼女も感じ取ったのだと思います。その夜は食事をしただけで別れました。

帰りの電車の中で、ぼくはすぐさまスマホを取り出し、いろんなニュースサイトの記事を調べてみました。しかしどのサイトを見ても、実名が出ているのはケーシンだけで、「大学生を含む三名」の名前は出ていませんでした。

どこかにあるはずだと思い、片っ端から調べていくと、関東ローカル紙のサイトにその情報が載っているのを見つけました。

「無職・西原雄星《さいばらゆうせい》(29) 会社員・高井戸 良介《りょうすけ》(23) 大学生・辰己幸太《たつみこうた》(22)」

高井戸良介。やはりあの高井戸でした。他の二人は知りません。

スマホを持つ手に嫌な汗が滲《にじ》んできました。すぐさまぼくは、「未成年 淫行 犯罪」というキーワードで検索してみました。その結果、高三の夏休み前の事件は、ぼくがまだ十七歳で、相手は十五歳くらいだったから年齢差が五歳以下ということになるし、そもそも向こうから無理やり求められたわけで、犯罪として成立しない可能性の高いことが分かりました。大きなため息を漏らしてしまうほど安心しました。そばに立っていた年配の女性が驚いて振り向いたくらいのため息です。ぼくは慌てて咳払《せきばら》いをしながら移動しました。

隣の車輛《しゃりょう》に移ると、席が空いていたので腰を下ろし、今度は小さく息を吐きました。

これで高井戸が何を言おうと、ぼくに累が及ぶことはない。そう思ったのです。

西東京市の実家に帰り着くと、風呂に入ってからなおもネットであれこれ調べました。けれど電車内で判明した以上のことはどこにも書かれていませんでした。野々村には不審を抱かせてしまったかもしれないけれど、あの程度ならなんとでもごまかせます。ぼくは安心してベッドに入りました。両親には野々村のことをいつ話そう、そんなことを考えながら入眠しました。

翌朝、いつものように目覚まし時計のアラームで起床し、いつものように母の作った朝食を取り、いつものように身支度をして玄関を出ようとしました。

その途端、インターフォンのチャイムが鳴り、ドアが外から叩かれました。

「川辺さん、川辺さん」

野太い声が聞こえます。インターフォンのボタンを押しながら直接呼びかけてくるなんて、一体何を考えているんだろう——いぶかしく思いながら、ちょうど玄関にいたぼくはドアを開けました。開けなければ、出勤できませんものね。

「はい?」

そこには、目付きの悪い三人の男が立っていました。

「川辺優人さんはご在宅ですか」

「ぼくですけど」

「警察です。お話を伺いたいことがありますので、私どもとご同行願えませんか」

すぐに分かりました。任意同行というやつです。任意とは言え、従わないと何をされるか分かりません。職質とおんなじで、事実上の強制です。

「あの、話って、どんな話ですか」

「それは署の方で説明しますから」

「できればここでお願いしたいんですけど」

足が震えていましたが、ぼくはあえて食い下がりました。だって、一番気になることじゃないですか。

「だから署の方でお話ししますんで、一緒に来てくれれば分かります」

相手には応じる気などないようです。完全な平行線です。問答無用という感じで、ぼくはそのまま家の前に停《と》まっていた黒いバンに乗せられました。

家から飛び出してきた母が、すがるようにして男達を問い質しています。

「なんですか、これ。教えて下さい、優人が何をしたって言うんですか」

しかし刑事達は、母に具体的なことを一切告げず、そのままバンを発進させました。隣近所の人が、好奇心丸出しの目でこちらを眺めていたのを覚えています。

会社に連絡しないとまずいと思い、ぼくは車内でスマホを取り出しました。

「何をしている」

隣に座った男が制止します。さっきとは打って変わった威嚇的な口調でした。

「何って、会社に欠勤の連絡をしとかないと……」

「勝手なことはしないで下さい。連絡は署に着いてからさせてやるから」

「なんですか、それ」

不安で不安でたまらないのに、ぼくはかえってむきになりました。市民に対するこの不当な扱いに、腹が立ったせいかもしれません。

「署って、どこの署なんですか」

「新宿署だよ」

「え、それじゃ間に合いませんよ。少しでも早めに連絡しとかないと」

そう言うと男は黙っています。

「これって任意ですよね？　スマホを使うのはぼくの自由ですよね？　止める権利は誰にもないはずですよね？」

「じゃあ私たちにも聞こえるように話して下さい」

まったく釈然としなかったし、法的に問題なのではと思いましたが、聞かれて困る話でもないので、ぼくはそのまま会社に電話して、熱があるのでこれから病院に行くと伝えました。

スマホをしまうと、どっと疲れが押し寄せてきました。嘘でなく熱が出てきたような気さえします。

これが本当にコロナならどんなによかったか。

まだ悪夢の中にいるような心地で、ぼくはバンに揺られながら考えました。新宿署ということは、やはりトー横の件なのだなと。だったらぼくは安心です。だって、ぼくはケーシン達とは無関係なのだから。堂々とそのことを主張してやればいい。いや、訊かれない限りは黙っていた方が賢明かもしれない。こちらから話してやる必要もないし。弁護士を呼んでもらうのが先なのかな。

そんなことを考えました。

新宿署に着いたぼくは、取調室へと連行されました。

机を挟んで向かいに座る担当官はあの野太い声の男で、もう一人、もっと目付きの悪い男がいました。その人はドアの近くに置かれた椅子に座っています。

二人はそれぞれ自己紹介したように思いますが、ぼうっとしていて聞き漏らしました。慌てて訊き返そうとしたときには、すでに話が始まっていました。

「……つまり、すでに逮捕された高井戸良介は、君が未成年に暴行していたグループの一員であると証言しているんだ。それは認めるね？」

高井戸が？　そんなことを？　言ってるだって？

あまりのことに、ぼくは黙って目の前の男を見つめるしかありませんでした。

「黙ってるところを見ると、その通りなんだな」

「違います」

ぼくは猛然と否定しました。ここで否定しないと、ぼくまで仲間にされてしまう。そう直感しました。

高井戸とは高校の同級生であるが、そんなに親しくはなかったこと。慶應に進学したと聞いたが、就職先も知らないこと。大学時代、渋谷の居酒屋で偶然出くわしたこと。それで新宿のパーティーに誘われたが途中で逃げ帰ったこと。ケーシンが有名人であることは知っていたが、高井戸に無理やり引き合わされたところ、いかにもうさん臭い人物で関わりたくないと思ったこと。そういったことを力説しました。

高三の夏休み前に、カラオケ店で中学生相手に性行為をしたことは黙っていました。高井戸が話しているかもしれませんが、あのとき同席していた日浦達や女の子達の証言があったとしても、立証はできません。カラオケ店の防犯カメラにもデータは残っていないでしょう。要するに徹底してケーシン（がぼくについて話したかどうかは知りませんが）や高井戸のでまかせであると主張する戦術です。それしかないと思いました。嘘はついていませんので心から本気で主張できます。ただ、説明すればかえって疑いを招きそうなことについては触れないだけです。

なんの表情も浮かべずぼくの話を聞いていた男は、そんな話など聞きもしなかったかのように手帳を取り出し、質問してきました。

「去年の六月二日、どこにいましたか」

「そんなの……」

そんなの、覚えてるわけないでしょう――そう言いかけて、ぼくははっとしました。

「新入社員の特別研修で北海道の研修施設にいました。会社の所有する施設で、朝から晩まで同期のみんなと集団行動です」

担当の男は「えっ」という顔をして再び手帳に視線を落とし、

「じゃあ、八月三十日は」

幸運なことに、その日もどこにいたかはっきりしていました。

「八月下旬から九月上旬にかけて、福岡《ふくおか》支社に出張していました。試験的に九州先行で実施される『オンライン英語スーパーヒアリング模試』の準備を手伝いに行ってたんです。東京からだけでなく、他の支社からも応援の人達が来てました。朝から晩までみんな大忙しで、なんとかスケジュールを間に合わせたんです。その間はずっと福岡支社の向かいにあるビジネスホテルに泊まっていました。他の支社の人達も大体そこを利用していました」

向かいの男の目配せで、ドアの近くにいた男が立ち上がって部屋から出ていきました。ぼくの話の裏でも取りに行ったのでしょう。

担当の刑事は、最初からぼくをケーシンの仲間だと決めつけていたようですから、あれこれと尋問し、自白させるつもりだったに違いありません。六月二日と八月三十日という日付は、ケーシンや高井戸達が未成年に暴行した事実の裏付けが明確に取れている日だったのです。なのに高井戸の供述によればその場にいたはずのぼくがアリバイをさらさらと主張したため、あからさまに「当てが外れた」といった顔をしていました。尿検査にも任意で応じましたが、覚醒剤の陽性反応なんか出るはずもありません。

おそらく、高井戸はぼくを巻き込もうとして、報道されたような事件のあった日にぼくも現場にいたと話したのでしょう。その悪意には心底ぞっとしました。

でも、なぜぼくだったのでしょう。前にも書きましたが、彼にそこまで憎まれるようなことをした覚えはまったくありません。大学だって、ぼくはM大なのに、彼は慶應です。彼はぼくをずっと見下していたはずです。

そう考えて、ピンときました。

こういうとき、人はいつも理由を求めたがります。そんな嘘をついてまで陥れようとしたのだから、きっと何か相応のわけがあるに違いないと。そうじゃないと筋が通らないと。

しかし、「いじめ」には理由なんて必要ありません。相手が誰であってもいいのです。一旦いじめてやろうと狙い定めた相手を、とことんまでいたぶり抜く。それがいじめっ子です。

高井戸は単なる「いじめっ子」だったのです。道理で菊地と気が合うはずです。たぶん、高井戸はぼくが共犯だと嘘の供述をしながら、菊地の名前は吐かなかったのでしょう。なぜなら、菊地の名を吐いてもさほどメリットがありませんから。素直に白状すると警察の印象が多少はよくなるかもしれない。だとしたら、それは菊地である必要はない。もっと言うと、菊地をいじめても別に「面白くない」どころか、見るからにヤカラの菊地にそんなことをする勇気なんて高井戸にあるはずがない。それよりはぼくをいじめた方が「安全で」「面白い」と思ったに違いありません。ましてや、いじめている相手が自分より優位な立場に行くことなんて絶対にあってはならない——そう考えたとしてもおかしくはありません。

呆れるほどにメンタリティが小学生です。でも、実行するかしないかの違いだけで、ぼく達もそうじゃないと言い切れるでしょうか。会社にもいじめはあります。それは時として「パワハラ」と呼ばれたりしますが、本質的にはいじめです。つまり、年齢的には立派な大人だって、心のどこかにそんなメンタリティを隠し持っているのです。

ええ、ぼく自身だって否定できません。だからこそ「分かる」のです。ぼくはずっと高井戸に狙われていたのです。高井戸が長期間連絡してこなかったのは、小学生と違って、毎日顔を合わすような関係ではなかったからです。いじめっ子は基本的に気まぐれです。気が向いたときにだけいじめを行ないます。加えて高井戸には、彼自身の大学生活や就職活動があったはずで、四六時中ぼくの顔を思い出しているほど暇ではなかったというだけのことでしょう。

ぼくがそんなことを考えている間、担当の男は野太い声でしきりと何かを喋っていました。これは参考までの任意聴取であって、容疑者に対する取調べではない、協力には感謝している、といったようなことだったと思います。

こうしてぼくはその日のうちに帰宅を許されることとなりました。帰りは送ってなんかくれません。新宿から西東京市まで電車です。

「ああ、優人……」

帰宅したぼくの顔を見て、母は特大級の安堵の吐息を漏らしました。

一通りぼくの話を聞いた母は、まず父に電話して大まかな状況を報告しました。父とは他人同然の母ですが、ぼくが連行されてさすがに相談せずにはいられなかったようです。

次いで母は、猛然と憤懣《ふんまん》をぶちまけ始めました。

「そんなあやふやな理由で無実の人間を捕まえるなんて、最近の警察は本当に……おかげでご近所の噂になっちゃったじゃないの。あたしにいちいち説明して回れとでも言うの？　それで警察はなんか補償でもしてくれるわけ？」

捕まったのではなくて、任意による同行なのですが、そんなこと、母に説明しても意味はありません。ですので適当に切り上げ、自室へと向かいました。

ぼくのアリバイを確認するため、警察から会社に問い合わせが行っているはずです。仮に警察が「内密に」と念押ししたとしても（してないと思いますけど）きっと会社中の話題になっていることでしょう。明日はそれにどう対応すればいいのか。今からシミュレーションをしておく必要があると考えました。

翌朝出勤すると、誰もが普通に挨拶してくれましたが、例の件について承知していることが手に取るように分かりました。

「コロナじゃなくてよかったな」

隣の席の中山が最初に言った言葉です。彼には珍しく、ちゃめっけのある口調でした。その言葉に、なんだかほっとしたのを覚えています。

それをきっかけに、同期の連中が集まってきました。もちろん野々村もいます。

ぼくは彼らに、昨夜母にしたのと同じ話をしました。同期の四人だけでなく、周辺の人達もこちらを振り返って耳を澄ませています。

「その高井戸ってヤツ、マジでタチ悪いよね」

新田がナチュラルメイクの眉をひそめて言いました。

「高校の同級生ってだけで、適当に川辺の名前を出したんだろ？　迷惑なんてもんじゃねえな」

関口の感想に、ぼくは大げさに頷きながら、

「まあ、渋谷であんなヤツと出くわしちゃったぼくがツイてなかったと言えるけどね」

「けどさあ、六月二日と八月三十日なんて、ウチの若手ならではの完璧なアリバイじゃん。警察にも言ってやったけど、オレなんて北海道じゃ川辺とずっと同室だったもんね。大体川辺ってさあ、運がいいのか悪いのかよく分かんねえよな」

新田が関口を指差して、

「そう、それ！　もし他の日だったら、川辺君、まだ釈放されてなかったんじゃない？」

「そうなんだよ。それ考えるとぞっとしちゃってさあ。冗談じゃないよ、まったく」

「やっぱり川辺は運がいいんだよ。変に疑惑が残ったりしたら、ウチの会社だと後々影響ありそうだし」

中山が話をまとめるような、それでいて微妙な含みを持つことを言ったとき、人事の佐島《さしま》係

長がやってきました。

「ああ川辺君、昨日は大変だったんだってねえ」

「あっ、どうも、このたびはお騒がせして申しわけありません」

「いやいや、いいんだいいんだ。それより、社としても事実関係だけは正確に把握しとかないといけないんで、悪いけど、ちょっとウチのフロアまで来てくれる？　戸ヶ崎《とがさき》さんにはもう話してあるから」

戸ヶ崎とはぼくの所属する企画推進部第一課の課長です。

「そうですか。承知しました」

「じゃ早速」

佐島係長はせかせかとした足取りでエレベーターホールの方へと歩き出しました。

ぼくは背後の人達――特に野々村――に目で挨拶し、係長の後を追いました。

佐島係長はぼくを人事部のあるフロアの会議室へと案内しました。

「さ、入って」

「失礼します」

中では人事課長のほかに、総務課長、危機管理局調査課長、それにぼくの上司である戸ヶ崎課長が待っていました。

「まあ、座って。これ、別に査問とかそういうんじゃないから、もっと気楽にしてよ、気楽に」

係長にそう言われても、緊張するなと言う方が無理です。

「それでね川辺君、昨日のこと、できるだけ正確に話してほしいんだ。ウチはさ、ほら、教育関係の会社だから、何かクレームが入ったときに、万全の対応ができるようにしとかないとまずいわけ。分かるでしょ」

「はい、もちろんです」

「じゃ、始めてくれる？」

係長はごく自然な動作でテーブルの上にＩＣレコーダーを置きました。

ぼくは周囲の課長達をそれとなく見渡しながら、あの話をまたも繰り返すこととなりました。

「うん、そういうことなら川辺君は単に巻き込まれたってだけで、落ち度なんて何もないよね？」

喋っているのは専ら司会役らしい佐島係長だけで、他の課長達は最低限のことしか発言しません。それがなんとなく不穏な気配として感じられました。

「はい、でもそのため昨日は欠勤を余儀なくされ、社に迷惑をかけることになってしまいました。申しわけございません」

「じゃあ、今日はこんなところでよろしいでしょうか」

係長が人事課長に確認するように尋ねました。

「うん、皆さん、お忙しい中お時間を取って頂きありがとうございました」

温和な物腰で人事課長が他の三人の課長に頭を下げます。

「いえいえ、こちらこそありがとうございました。では、私どもはこれで……行くぞ、川辺」

「あっ、はい」

率先して返答した戸ヶ崎課長に促され、ぼくは課長と一緒に企画推進部のフロアに戻りました。

「まあ、今回は運がよかったが、君も身辺にはくれぐれも気をつけてくれよ。文科省の手前もあるし、何かあったときに誤解では通らんこともあるからな」

歩きながら、戸ヶ崎課長はそんなことを言っていました。ぼくはひたすら「承知致しました」という文言を繰り返すばかりでした。

フロアに戻ると、すでに通常モードに入っていて、みなそれぞれの業務に専念していました。ぼくもすぐに自席でパソコンを起ち上げ、一昨日までやっていた仕事の続きを始めました。

昼休みとなり、ぼく達は同期の五人で社員食堂へ行きました。

「高井戸ってヤツ、XT証券の社員なんだってさ」

カツカレーの大盛りを頰張りながら、関口がそんな話を始めました。

XT証券は、外資系の有名企業です。正直、この五人の中にも内定を取れなかった者がいるはずです。少なくともぼくはそうでした。

「え、そんな情報、どこにあったの」

日替わり定食の焼き魚の身を箸でほぐしていた新田が顔を上げます。

「早稲田人脈からの情報。高井戸チャンは慶應だそうだから、あいつらの人脈には全然かなわないけどな。慶應の結束力っていうか、党派制はマジでエグいから」

「せっかくXTに入れたっていうのに、中学生を追い回してたってわけか。これで人生終了だよな、そいつ」

あざ笑うように言って、中山はホットドッグにかぶりつきました。きっと彼もXT証券を受けたのでしょう。

それを察しているのかいないのか、あっという間にカレーライスを平らげた関口が水の入ったコップを取り上げ、

「まあ、川辺はほんと災難だったなあ」

「まったくだよ。警察の対応も最悪だったし」

食欲のなかったぼくは、ざるそばを口に運びながら適当に応じていました。

「でもケーシンてヤツ？　トー横の守護神？　あたし、全然知らなかったんだけど、なんかキモくない？」

新田の発言に、ぼくは必要以上に大きく頷いていました。

「そうなんだよ。実際に会ってみると、ヤなオーラ全開でさ。あ、こいつヤバいなってすぐ分かったし」

新田と同じ日替わり定食を食べていた野々村が、ちらりとこちらを見ましたが、何も言いま

せんでした。

その夜、ぼくは四谷《よつや》の中華料理店で野々村と遅い夕食を取りました。

「昨日はずっと心配してたんだから。最初はコロナかなって思ってたら、夕方になって警察が来て……疑いが晴れてほんとよかった」

みんなの前では遠慮していたのか、野々村は昼間とは違う打ち解けた表情を見せてくれました。

「ありがとう。そう言ってもらえると嬉しいよ」

ぼくも寛《くつろ》いだ気分でフカヒレのスープを口に運びます。しばらくは和やかな気分で恋人同士の食事と会話を楽しみました。

デザートの特製杏仁豆腐《あんにんどうふ》が運ばれてきました。

「このお店の杏仁豆腐、前に友達のサキちゃんがインスタに上げててさあ、すっごく映《ば》えてんの。それ見てから一度食べてみたいなーって思ってたんだ」

そんなことを言いながらスプーンを取り上げた野々村が、ふと思い出したように言いました。

「でも一昨日、神楽坂のお店でスマホ見てた川辺君の顔、ほんと恐かったよ」

「え、そんなに？」

動揺しながらも、ぼくは努めておどけた口調で訊き返しました。

「うん。てっきり、なんか関係してるに違いないって思ったもん」

「それって、ひどくない？」

「ごめんごめん」

軽口のようなふりをしていますが、野々村の目は少しも笑っていませんでした。それを見て、ぼくは彼女の中に疑惑の根が残っていることを悟りました。

そしてその夜もなんとなく食事だけで別れました。


〈ぼくの気力が尽きてしまわないうちに、必要と思われることだけを書くようにします〉。そう書いておきながら、やたらと長くなってしまいました。

また〈すべてがうまくいく時期って、どうしてこんなに短いのでしょう〉とか、思わせぶりなことを書いておいて、一向にそんな話にならずに申しわけありません。今まで書いた文章を読み返し、我ながら恥ずかしく思うばかりです。本当にすみません。もう少しだけお付き合い下さい。全身が強張《こわば》ったようになっていて、ひどく疲れているのは本当ですが、ここで一気に書いておかないと、また何日も書けなくなってしまいそうで恐いのです。

要するに、うまくいかなくなった理由は、やはりケーシンの仲間と疑われたことに端を発していたのだと思います。何度も書きましたが、教育関係の会社なので、そうしたスキャンダルは最も警戒されるのです。

だからといって、直接的にそれに関係する何かがあったわけではありません。中山達が、当初好意的に迎えてくれたのは本当です。しいて言えば、野々村の瞳の中にあったような、漠然とした疑いの根が、徐々に会社全体へと広がっていったという感じでしょうか。

ケーシンの事件は、本当にショッキングでした。三十過ぎのいい年をした大人や、一流企業の社員らが、さまざまな事情を抱えて家出してきた未成年の女の子達を弄んでいた。本当に気持ちが悪いと思います。許せないと思います。

ぼくが彼らの仲間であるという疑惑は、一旦は晴れましたが、逮捕された高井戸の知人であったと皆の知るところとなりました。

また、知られてこそいませんが、ぼくが高三の夏休み前に女子中学生と関係してしまったのは事実です。そのことが頭にあったせいで、どこか不審を招くような態度を取ってしまった可能性は否定できません。

入社二年目の年末が近づき、同期の仲間もそれぞれが担当する業務に追われ、次第に距離が開くようになっていきました。決して仲が悪くなったわけではないのですが、以前のように親しく飲み会を催したりするような機会は目に見えて減っていきました。

それでもぼくにとって野々村だけは特別でした。しかし彼女の気持ちが日を追う毎《ごと》に冷めていくのが手に取るように分かりました。それも、なんだか得体の知れない嫌悪感のようなものを伴って、です。

誘っても以前のようには応じてくれないので、思い切って問い質したところ、「今はもっと仕事に集中したいから」という答えが返ってきました。それが決して嘘ではないということはよく知っていたし、そもそもぼくは、「彼女自身のキャリアを尊重する」と言っていたわけですから、ここに来て態度を変えることもできません。

そしてとうとう、彼女から別れを切り出されました。それもクリスマスの前にです。その時期を選んだのは彼女の優しさだったのか、あるいは身勝手さだったのか、それすらも判然としませんでした。ぼくはただ、なんの感情もなく（と思われるような様子であったと思います）「そうだね」と答えただけでした。

待って下さい。だから会社を辞めたわけではないのです。彼女のことは確かに大きな痛手でした。でも、しょせんは社内恋愛です。「よくあること」「普通のこと」であるとも言えます。

きっかけは、ごくつまらないことでした。

ぼくが仕事上であるミスをしてしまったのです。ミスをした、と言うより、ちょっとしたことをやらずに放置したのです。戸ヶ崎課長の指示には含まれていないことだったからでした。正直、今でもその判断が間違っていたとは思っていません。だって、指示されていないことをやって、「よけいなことをするな」と叱られるリスクだってあるわけじゃないですか。同じリスクがあるなら、やらない方が時間を有効に使えて仕事としても得だろうと思います。子供にだって分かるロジックです。

にもかかわらず、ぼくは課長の席に呼び出され、みんなの前で散々に叱られました。それでつい言ってしまったのです。

「だって課長はそんなこと、一言も言ってなかったじゃないですか」

すると課長は、一瞬啞然としたようでしたが、次の瞬間、猛然と怒り始めました。

「なんだ、その言い草は。それくらい、言われなくても分かるだろう。一から十まで言われないとできないなんて、君はそれでも社会人か。小学生の間違いじゃないのか。そもそもウチは教育を扱う会社だろう。なのに、その社員が学生以下の判断力しか持ってないとはどういうことだ。もっと主体性を持って仕事に向き合えっ」

ひたすらに我慢しながら、(これはパワハラなんじゃないのか)と思いました。「主体性を持って」よけいなことをした結果、叱られるのはどっちにしたってぼくじゃないですか。それはあまりに不公平というか、割に合わないというものです。

それで、社内のハラスメント相談窓口に訴えてみたのです。罵倒されているときの音声は録音していませんでしたが、証人はいくらでもいます。

話を聞いてくれた相談員は、いろいろとマニュアルらしきものを参照し、少し考えてから、

「申しわけありません。川辺さんの申し立てが一〇〇パーセント事実であったとしても、本件はパワハラには当たらないと思います」

「どうしてですか。ぼくはみんなの前であんな暴言を吐かれたんですよ」

「戸ヶ崎課長の発言に乱暴な言葉が含まれていたことは事実でしょう。その点については、戸ヶ崎さんにもっと注意するよう勧告します。しかし、戸ヶ崎さんの叱責は上司として常識的な範疇《はんちゅう》であるというのが私の見解です」

「えっ、ちょっと待って下さい」

「あなたが納得できないのも分かります。本件は念のため社内倫理審査委員会に上げておきま

すから、後日、社としての正式な判断が通達されるのをお待ち下さい」

数日後、その結果が届きました。一枚の用紙に、相談員と同じ見解がごく簡単に記されているだけでした。

なんのことはない、ぼくは社内で「小学生並みの無能」という烙印《らくいん》を自分で自分に押した恰好です。それまでもなんとなく嫌な感じであった空気が一気に悪い方向へと変わりました。中山や関口達でさえもかばってはくれません。同期の脱落を喜んでもいるのでしょうか。野々村に至っては、露骨にぼくを避けています。それどころか新田と一緒になって、ぼくの悪口を言っているようなのです。

こうなると社内に居場所はありません。どこに行っても針の筵《むしろ》です。

ぼくは人事課宛にメールで退職願を提出しました。

こんな会社にいても将来はない。だったら、今のうちに転職するのがキャリアアップへの近道だろう――そう考えての行動でした。

いいえ、それだけではありません。実は以前から、教育事業なんて自分には向いていないと考えるようになっていたのです。入社当時は確かに情熱を持っていたはずなのですが、いつの間にか消え失せて、野々村のように真剣になれるほどの目的意識を見出せずにいたのです。「自分にはもっと違う道があるのではないか」「もっと自分の実力を生かせる会社があるのではないか」。いつしかそう考えるようになっていたのだと思います。いいえ、もっと率直に書きましょう。「自分の実力を認めない会社になどいても意味はない」。はっきりとそう自覚しました。

それに、いつまでもケーシンと同類の変態野郎と見なされるのにも飽き飽きしていましたから。いえ、誰かに何か言われたというわけではありません。社内の空気からぼくがそう感じていたというだけです。

自分が間違っていたとは思いません。ただ最善と思われる道を選択しただけです。

こうしてぼくは会社を辞めました。

やっとここまで書きました。すべてを書いて欲しいというのがご依頼の内容でしたから、思い出すのもつらいことを無理やり思い出して記しました。

でも、心身ともにもうくたくたです。一旦筆を置くことをお許し下さい。

あなたが本当に知りたいと思っておられることは、次にしたいと思います。また間が空いてしまうかもしれませんが、それも含めて御容赦下さいますように。

第三の手紙

ぼくのこと、覚えておられるでしょうか。川辺優人です。

前回の手紙からあんまり間が空いてしまったので、ぼくのことなんて、もうとっくに忘れられているんじゃないか。忘れてはいなくても、すっかり呆れられているんじゃないか。なんだかそんな気がしてきて、慌てて筆を執った次第です。

前の手紙を書き終えて、ぼくは本当に疲れ果ててしまいました。ケーシン、高井戸、あいつらのことを記憶の底から引きずり上げ……いえ、そんな表現は適切ではありません。あいつらは常に記憶の水面を漂っているのですから、底をさらう必要なんてないですよね。縁日の金魚すくいのように、あるいは鍋物の灰汁《あく》をすくい取るように、そっと静かに紙の上に移し取ればいいだけなんです。けれどもそれは、力など要らない行為であるはずなのに、鉛のような、何か物理的な重さを持ったものが段々と体の中に蓄積していき、最後には指一本動かすのも億劫になるほど疲れきってしまったのです。そういうわけで、最後の手紙を書くまでこんなに時間が空いてしまいました。ごめんなさい。

最後の手紙。そう、これで最後のつもりです。今回の手紙ですべてを書いてしまわねば、筆を執る気力なんて二度と湧いてこない。そんな気がするのです。

ぼくが最初に就職した会社を辞めるに至った経緯はすでに記した通りです。その時点で、ぼくはいくつか転職先の候補を見つけてあったんです。いずれも紹介してくれる人がいて、特筆するほどではありませんが、それなりの待遇を提示されていました。いくらぼくでも、まったく当てもなしに辞めるほど馬鹿ではないつもりです。

転職先としてまず選んだのは、中規模の証券会社でした。堅実で業界での評価も高く、誰に言っても恥ずかしくない会社です。転職には猛反対していた両親も、社名を聞いて納得していたくらいです。ぼくのような再就職、中途採用組も多く、キャリアアップには最適のステップになってくれるだろうという期待もありました。

無事採用されたぼくは意気揚々と出社しました。配属されたのは営業部です。上司はフレンドリーな感じの人で、「成績さえ上げれば給与も確実に上がっていくし、大概のことは許される。昇進が嫌ならそれでもいい。ウチには『プライベートを第一にしたい』という人も多いからね。つまり自由なライフプランというか、働き方が可能なんだ。その分やりがいはあると思う」と話してくれました。面接時にもまったく同じ文言を聞かされたように思います。

同僚達は、それぞれ自分の仕事に専念していて、型どおりの挨拶はしてくれるのですが、新人にはあまり興味がないようでした。ぼくにとっては、かえってその方があれこれ詮索されなくて好都合でした。もちろん、ケーシンの事件とのつながりを知っている人なんて一人もいません。もしかしたらいたのかもしれませんが、少なくともそれを話題にするような人はいませんでした。みんなそれどころではないという感じで仕事に追われていましたから。

すぐにぼくも、彼らと同じく、仕事に追われるようになりました。なにしろ営業ですので常に動き回っていないと新しい顧客なんてつかめるはずがありません。道理でみんな他人に無関心なはずです。人の過去より自分の成績です。先の見えない世の中ですから顧客は投資によって少しでも儲《もう》けたいと機会を窺っている一方、ちょっとやそっとじゃ金を出そうとはしません。必然的に投資させるまでの時間が長くかかります。タイパ的にはマイナスもいいところです。そうした内情が分かってきて、ぼくはようやく「マズったかな」と思うようになりました。

しかも決定的だったのは、クレーマーがやたらと多いことです。自分の主体的判断で投資を決めたはずなのに、少しでも損をするとすぐに文句を言ってくる。ちゃんと説明はしましたよといくら丁寧に言っても聞く耳を持たない。忙しいときに人を呼びつけておいて、文句を言うだけ言って、挙句の果てに「もうあんたのところとは取引しない」と一方的に言う。結論が決まっているんならメール一本で済むはずなのに。でも気が収まらないので担当に当たる。まるでこっちが詐欺師みたいに言う。悪い奴にだまされたとでも思わなければ、つまらない自尊心が許さないんでしょうね。こっちはいい迷惑です。ストレスだけが溜《た》まって、成績は一向に上がらないのですから。

確かに上司は「成績さえ上げれば給与も確実に上がっていく」と言いました。しかしそれは、逆に言えば「成績が上がらなければ給料は絶対に上がらない」という意味だったのです。

顧客の理不尽なクレームについて上司に相談すると、彼は鼻で嗤うだけで、今度は何も言ってくれませんでした。つまり「甘えるな」という意味です。「今さら何を言ってるんだ？」と。

こういうケースが増えてくると、それはそれはこたえるものです。耐えられない人はどんどん辞めていきます。メンタルをやられて長期休職する人もいます。この会社に中途採用が多い理由を、ぼくはようやく理解しました。職場の人間関係も希薄なはずです。いくら仲よくしたいと思っても、いつ辞めるか分からないんじゃ意味がありませんからね。仲よくするために費やしたエネルギーがすべて無駄になるだけです。そもそも、仕事に追われてそんなことに使う気力も体力も残っていません。

今回はメールではなく上司に直接「辞める」と言いました。

上司は軽い口調で「いいよ」と応じてくれました。それから「いいけど、君を紹介してくれた丸居《まるい》さんの顔を潰すことになると思わない？」と訊かれました。丸居さんとは、M大のゼミの先輩です。「別に」と答えると、「そりゃちょっと無責任だと思わない？」とまた訊かれましたので、「こんなブラックな職場環境だと教えてくれなかった丸居さんの責任ですから」と言うと、上司はもう何も言いませんでした。

それでぼくは再び転職しました。二度目となると、さすがに条件も厳しくなってきますが、仕方がありません。

何社かの面接を受けた末、ようやく再就職先が決まりました。経営コンサルタント会社『コンサブライト総研』です。M大経営学部卒の学歴と、教育ビジネスの会社にいたキャリアが役に立ちました。文字通りのキャリアアップです。正直、証券会社を辞めるときには転職先を決めていたわけではなかったのですが、決断して正解だったと思いました。

新しい会社ですが、それだけに活気があります。右肩上がりに業績を伸ばしているというので、そちらの業界的にも大いに注目されていました。そうじゃなければ、ぼくの方で入りたいという気にはならなかったでしょう。最初に入った会社での体験から、変に伝統のある会社よりは自由にできていいだろうとも思いました。

コンサブライトは総合系のコンサル会社なので、業務としては、基本的にクライアントからの要請を受け、担当者である社員が随時コンサルを行ないます。契約によっては、専従のコンサルとして先方に出向したり、研修会を企画したり、ときには自ら講師役を引き受けたりします。社長は「コンサル界の新星」と呼ばれるほどの人で、ワンマンなタイプをイメージしていたのですが、それはいい意味で裏切られました。意外にも、現場に無関心すぎるのではないかとさえ思えるくらいの放任主義を貫いていたのです。

ストレスがまったくないわけではありませんが、証券会社に比べるとかなり楽だったし、何よりこれまでのキャリアが役に立ってくれました。経営学部で学んだことを初めて活かすこともできましたし、まがりなりにも教育ビジネスに携わった経験から、講師の仕事も他の人よりうまくこなすことができたのではと思います。もちろんコンサブライト独自のマニュアルはあったのですが、講習のプログラムから何から、すべて自由に任せてもらえました。ぼくがまったくの未経験だというのにです。ただひとつだけ言われていたのは、「何か問題が発生したらすべて担当者の責任だから。それが嫌なら絶対にこちらの非を認めるな」ということでした。なんとなくブラックな香りがしますが、多かれ少なかれ、新興の会社にはよくあることで、気にしていたらきりがありません。

こうしてぼくは順調に勤務していたのですが、その頃、両親がついに離婚することになりました。単身赴任中だった父に、愛人のいることが発覚したのです。愛人と言っても、別に生活の面倒まで見ているわけではなく、単なる浮気、セフレといった程度の関係だったらしいのです。長期にわたる単身赴任が続いていたわけですし、そもそもそれ以前から夫婦関係は完全に冷えきっていたのですから、それくらいはあってもおかしくないというか、むしろない方が不自然なくらいです。しかしずっと離婚の機会を窺っていた母にとって、それは絶好の口実となりました。

母に有利な条件で離婚が成立し、ぼくが小さい頃から暮らしていた家は売りに出されました。今になって両親が離婚しようがどうでもいいのですが、必然的にぼくは住み慣れた実家を出て賃貸マンションでの生活を余儀なくされたのでした。母はすでに自分の生まれた地方都市に小さな物件を借りています。東京と違って、家賃はとても安いそうです。一緒に暮らすわけにはいきませんし、そんなつもりもありません。

卒業以来、実家にはいくばくかのお金を入れていましたが、月々の家賃や生活費を全部自分で負担するようになって、ぼくは初めて生活の厳しさというものを実感しました。家賃の安い物件を選んだつもりだったのですが、当初こそ独り暮らしの気楽さを満喫していたものの、じきに金銭的負担を感じるようになりました。中でも大きかったのが奨学金の返済です。家賃や生活費だけならなんとかなる。けれど奨学金はしんどい。失ってみて初めて分かりました。大学も会社も実家から通っていたぼくは、地方出身の人達に比べてだいぶ恵まれていたのですね。

それにしても、日本の奨学金というのがどんなにひどいシステムであるか、今さらながらに痛感しました。ちょっと調べてみたのですが、日本の高等教育費の対GDP費は、世界でもかなり下の方だそうですね。世界標準では返済不要の給付型奨学金が一般的であるにもかかわらず、日本の場合は大多数が貸与です。

二〇〇四年に日本育英会その他の組織が合併して独立行政法人日本学生支援機構が発足したのですが、それ以降、返済遅延者に対するペナルティとして延滞金まで発生するようになりました。しかも延滞金の取り立てを民間の債権回収業者に丸投げです。返済が三ヵ月滞ると自動的にこの業者に回され、九ヵ月以上になると裁判所を介した支払督促へと進みます。その間、個々人の抱える事情は一切斟酌《しんしゃく》されません。信用調査のブラックリストにも載せられてしまいます。そうなると、貧困層への転落は待ったなしです。

ぼくが奨学金を申し込んだときに読んだパンフレットには、「『奨学金』は、自分の力で有意義な学生生活を送り、将来の夢をかなえる貴重な手段です」という意味のことが大書されていたはずです。各種書類を保管していた整理棚から現物を引っ張り出して確認しましたが、延滞金の回収については虫眼鏡が必要なくらい小さく小さく書かれていただけなのです。

なにが「将来の夢をかなえる」ですか。正しくは「将来の夢を奪う」じゃないですか。旧日本育英会時代、歴代の理事長は国立大学の学長経験者が多かったそうですが、日本学生支援機構になってからは、日銀出身者に様変わりしています。つまり、金融のプロが学生を食い物にし、金をむしり取るためのスキームを考案しているというわけで、これが貧困ビジネス以外のなんだというのですか。

日本の学生も、その保護者も、みんなだまされていたのです。日本学生支援機構とは、体のいい貸金業者にすぎなかった。それもかなり悪質な。

ぼくに奨学金を勧めてきた高校の先生が、その実態を知っていたかどうかは分かりません。仮に知っていたとしても同じことをしたでしょう。卒業後の生徒がどんな苦労をしようと知ったことではないし、そもそも、すべてが政府の方針なのですから。

高等教育に予算などかけたくない。それどころか教育など与えたくない。貧困層など知ったことではないという確固たる意志を感じます。この国は、そういう国なのです。日銀出身の日本学生支援機構理事長は、経済誌のインタビューに答えてこんなことを言っています――「奨学金さえ受けて、大学に行きさえすればなんとかなるんだという甘い考えはやめてほしい」。

ネット上にあるその記事を読んだとき、ぼくは怒りのあまりスマホを投げ捨てそうになりました。だったら一体なんのための奨学金なのでしょうか。この人は理事長になって毎月莫大《ばくだい》な報酬を得ながら、一体なんの仕事をやっているのでしょうか。

記事をさらに読み進めると、その真意を問われた理事長は「世間では、奨学金の返済のため風俗で働くしかなくなった女子大生とか、そういう話題ばかり取り沙汰されるが、汗を流して真面目に働きながらちゃんと返済している労働者もいっぱいいるんだ」という意味のことを言っています。だから甘えるな、と。

最悪です。もうどこから突っ込んでいいのか分からないほど最悪です。殺意すら覚えるくらいです。この人は自分の言っていることの矛盾が分からないのでしょうか。自分の作り出している地獄が見えていないのでしょうか。「奨学金の返済のため風俗で働くしかなくなった女子大生」がいると分かっているのなら、それをなんとかしようとは思わないのでしょうか。

汗を流して働きながら奨学金を返済する。それで一生が終わってしまう。その子供も同じ人生を繰り返す。貧困層の固定化というやつで、富裕層の人にはどうでもいいことなのでしょう。それどころか、政府は明らかにそんな社会を目指しているのです。早い話が「絶対に越えられない壁をより高く堅牢《けんろう》にしよう」という断固たる意志です。

いや、「その子供も」ということは、つまり結婚できるということで、まだ恵まれている方です。貧困層の中には「結婚、ましてや出産なんてとても考えられない」という人だって決して少なくはないはずです。人口が減るのも当然でしょう。少子化対策なんて、政府はよく口にできるものですね。こちらの開いた口がふさがりません。

ちょっと調べてみるだけのつもりであったのに、寒気がして止まらなくなったのを覚えています。一度貧困層に落ちたらもう二度と這《は》い上《あ》がれない。ぼくはすっかり恐くなってしまいました。非正規の工員や作業員として一生バイトみたいな仕事をやり続ける。そんなの、ぼくにはとてもできません。

もう二度と転職なんてしない。何があっても今の職場にしがみつく。そう決意したのです。だから本当にがんばりました。中には、コンサルの途中で相手から質問とか反論とかをされ、なんとか応じているうちにどんどん収拾が付かなくなって、半泣きになって逃げ出すような人もいました。そういう人は当然クビです。横目に見ていて、ヤバいな、と思ったりしますが、他人のフォローなんてしている余裕はありません。自分さえボロを出さなければいいのです。その秘訣は、ボロの出そうな案件には最初から近づかないことです。

おかげで、社内でのぼくの評価はどんどん上がっていきました。比例して給料も上がります。ぼくはようやく一息ついた思いでした。

そんな頃、週明けの月曜にいつも通り出社した途端、コンサブライトに強制捜査が入りました。容疑は社長をはじめとする役員達による特別背任罪《とくべつはいにんざい》です。ぼくはまったく知らなかったのですが、順調であった会社の収益は、すべて役員達の個人的な投資失敗の補塡に使われていました。経理や税理士もグルだったようで、会計上あるはずの会社の現預金は空っぽになっており、取引先への支払や従業員への給与の支払も、役員達の個人資産を切り売りしてようやく工面していたのです。これらが一挙に明らかとなり、もう大変な騒ぎになりました。

思えば、現場を極端に顧みなかったり、取引先への研修内容を経験のない新人に任せきりにしたりと、それまでにもおかしな点はいくつもありました。しかし、ぼく達にとってはその方が気楽であったのと、業界での社長の評判にすっかり目を眩《くら》まされていたのです。

いいや、ここはもっと正直に書くべきですね。みんな心の中で薄々疑いながら、意識的、あるいは無意識的に目を逸らしていたのではないでしょうか。

とにかく、生涯勤めるつもりであったコンサブライトも、こうして呆気なく消滅しました。退職金なんてもちろん出ません。それどころか、給料から天引きされていたはずの年金や各種の社会保障費も納付されていなかったことが判明しました。もともとこの会社は、オフィスがあるだけのコンサル業で、なんらかの資産があったわけではありません。売り物であるはずのコンサル理論も、詳細に検証すればいろんなところからの寄せ集めにすぎず、要は過去に発表された研究のパッチワーク、いいとこ取りでしかないのでした。コンサブライトは検索で上位に出てくる裏技みたいなものを使っていたそうなのですが(それでも外資系や旧財閥系の上には絶対に表示されないようになっているのだとか)、そういう会社の看板と名刺があるだけで、誰もがありがたがって拝聴してくれる。つまり純粋なビジネススキーム「だけ」の存在なのです。もっと分かりやすく言うと、本当の張りぼてであったということです。

でもそれはコンサブライトに限ったことではありません。言ってみればコンサルなんて、実体のない、究極の虚業なんです。みんなそれが分かっていて、今日までやりがいのある、社会に貢献しているすばらしい仕事であるかのような顔をして、にこにこと人々に夢のフィクションを吹き込み続けていただけなんです。

こうしてぼくは、またしても無職となったばかりか、一気に負債を抱え込む境遇に陥ってしまったのでした。

再び求職の日々が始まりました。ぼくも生活していかなければならないので、毎日必死で走り回りました。しかし、ほどなくして、今度は今までとはかなり様子が違っていることに気がつきました。

コンサブライトは手広くやっていた分だけ、あちこちから憎まれています。「自分達はあんなデタラメな会社のコンサルをありがたがって拝聴していたのか」ということを、誰もが認めたくないわけです。できれば忘れてしまいたい、なかったことにしたい、少なくとも他社に知られたくないという点で一致しています。なので「前の会社はコンサブライト総研で」などと面接で言おうものなら、まず採ってはもらえません。それ以前に履歴書の時点でアウトです。

もちろんコンサブライトと関わりのなかった会社も数多くあります。しかし、気がついてみると、『コンサブライト総研』という名前自体が、就職活動におけるタブーと化していたのでした。いかに「自分は知らなかったのだ」と主張しようと、社員であったということは、実際にコンサルをやっていたということでもあります。となると、「分かっていてあんなデタラメを吹聴していたのか」と突っ込まれますよね。だからといって、「知らないでやっていた」と答えることもできません。それは「内容を理解していないのにコンサルしていた」ということで、つまりは「自分はバカです」と言っているようなものだからです。

こうなるともう致命的です。て言うか、すでに詰んでいます。新卒時に世話になった先輩やＯＢに片っ端から電話をかけまくったのですが、応じてくれる人は一人もいませんでした。恥を忍んでゼミスラ・コーポレーションで同期だった中山、関口、新田にも連絡してみました。中山と関口は、どちらも「よう、久しぶり」と言ってくれたのですが、再就職の話を持ち出した途端、「今ちょっと手が離せないから、悪いけどまた今度な」と切られてしまいました。予想はしていたので失望はありません。新田は最初から着信拒否になっていました。さすがに野々村にかける気にはなれませんでした。こんなときにプライドなんてさっさと捨てられればいいのでしょうけど、新田が着拒になっているくらいですから、野々村が相談に乗ってくれるとはとても思えません。電話するだけ無駄というものです。だから電話しませんでした。

中山の話では、彼らは四人とも順調に出世しているようでした。実際、役職や肩書きも当時とは変わっています。少なくとも、中山と関口の言葉からは生き生きとした充実感や張り合いといったものが感じられました。活気に満ちた彼らの声を聞いているだけで、ぼくはたまらない苦痛に襲われたものです。たまらない苦痛。それを後悔とは呼びたくありません。後悔と認めてしまうと、自分の選択が間違っていたことになってしまいます。認めてしまったらおしまいなのです。ぼくは間違っていなかったし、時間のロスもしなかった。ただツイてなかっただけなんです。

そんなことをしている間にも、月々の支払日はやってきます。家賃、光熱費、税金、年金、健康保険料、それに奨学金。

奨学金さえなければ、どんなに楽だったことでしょう。一旦返済が滞れば、後になればなるほど苦しくなる、つまり返済の難易度が飛躍的に上がっていきます。払えなくなるのは自明の理です。そうなると金融機関のブラックリストに載せられ、再就職どころか人並みの社会生活もできなくなる。これだけはなんとしても返済しなければならないのです。勉強しようと思って大学に入った女子大生が風俗に流れるわけです。そうした女の子を、こんな社会を作ったオヤジが金で買う。これが地獄でなくてなんなのでしょう。

ちなみに、ぼくの場合、奨学金の返済額は月々四万円弱でした。四万円。そう、たったの四万円です。なんだ、という人もいるでしょう。しかし、ぼくみたいな状況に陥った者にとっての四万円は、普通の人の四十万円に相当すると言っても過言ではないでしょう。それを大げさだと思う人は幸いです。また人はいかに境遇の違う者に対する想像力に欠けているかということの証《あか》しでもあります。

思い切って母に援助してもらおうと電話してみました。しかし、地方での新しい生活に馴染《なじ》んでいた母は、息子のことなんてもはやどうでもよくなったのでしょうか、「助けてあげたいけどこっちだって自分の生活で手一杯」である旨を早口で喚くばかりでした。

父にも電話してみました。すると五十万円を振り込んでくれました。「悪いが自分にできるのはこれで精一杯だ」との添え書きみたいなショートメールとともに。

五十万円。大いに助かりました。でも、ふた月も経《た》ったらまた同じ状況に逆戻りです。

仕方なく就職活動の傍ら、コンビニのバイトを始めました。数あるチェーンの中で、シフトの融通が利くところを選びました。なんと言っても、就職が優先ですから、面接の時間とバイトのシフトが被ったりしたら本末転倒です。

バイトの同僚はほとんどがアジア系の外国人でした。彼らは一様に伏し目がちで、黙々と仕事に従事していました。みんな真面目で熱心な人達でしたが、ちょっとでも応対にまごつくと、客の中には「ちっ、これだからガイジンはよ」と聞こえよがしに言う人が結構いました。「ちっ」なんて、明瞭な言葉で発音する人をマンガ以外で見るのは生まれて初めてだったかもしれません。それに「ガイコクジン」ではなく「ガイジン」なのです。アジア系の人は「ガイジン」で、白人や黒人は「ガイコクジン」、いえ、漢字の「外国人」にカテゴライズしているのでしょう。そうした人達は、日本人もアジア人であるということを知らないのでしょうか。鏡で自分の顔を見たことがないのでしょうか。それとも、その人の目には自分が白人にでも見えているのでしょうか。

いずれにしても、店員、しかもバイトの立場では何も言えません。ぼくも次第に伏し目がちになっていき、いつしかレジに立つときは客と目を合わさないようになりました。休憩時間になるとスマホを取り出し、面接の結果が届いていないかチェックします。何度も何度もチェックします。その合間に採用情報を調べたりします。そうして休憩時間が終わります。

落胆の吐息を漏らしつつバックヤードからレジに入ると、学生らしい若い男が店内用のカゴを叩きつけるように台の上に置きました。

「早くしてよ。アイスが溶けたら返金してくれんの」

「どうもすみません。袋はどうされますか」

「あ？　オレの手にあるこれが見えないの？」

男は片手に提げていたトートバッグを開いて見せます。

「分かりました」

そう言うと、男は大仰な口調で、

「え、それだけ？　謝ったりはしないわけ？」

何を謝らないといけないのか分かりませんでしたが、こういう場合の対応はひとつです。

「申しわけありませんでした」

頭を下げてからレジの会計作業を続けていると、男はしつこく絡んできました。

「あんたさあ、もしかしてガイジン？」

「いいえ、違います」

「じゃあ何人《なにじん》なわけ？」

答える必要のない質問だと思いましたが、やはりこちらの取るべき態度は決まっています。

「日本人です」

「あっそ」

拍子抜けしたように言い、若い男は商品をトートバッグに詰めて横で待っていた友人らしき男達と一緒に出ていきました。レジでの一連のやり取りは別に腹も立ちません。同僚である外国人達はいつもこういう目に遭っているのかと、同情の気持ちを新たにしたくらいです。

真に衝撃であったのは、そいつらが店を出る直前に交わした会話でした。

「いい歳してコンビニのバイトかよ」

「あんな貧困層にだけは落ちたくないよな」

ぼくは貧困層なんかじゃない――そう叫びそうになって、ようやく気がつきました。

今のぼくは、まぎれもなく貧困層なのです。

月々の生活費や支払いに窮し、コンビニのバイトでなんとかその日その日をしのいでいる。

反論のしようもありません。いつの間にか、そこまで滑り落ちていたのです。

「ダイジョブ、ですか。顔色、ヨクナイです」

同僚がカタコトの日本語で心配そうに声をかけてくれました。

「ありがとう。大丈夫です」

そう答えるのがやっとでした。

その日はどうやって家まで帰ったのか覚えていません。きっといつも通りに帰ったのだろうと思うのですが、いつも通りの買い物はしていませんでした。ワンルームマンションで空腹のままベッドに横たわり、スマホを際限なくチェックします。画面の見過ぎで、視界が青白く曇ってきました。指先もすりむけたように痛みます。それでもスマホを手放せません。

ぼくは貧困層なんだ――

その事実は、容赦なくぼくを打ちのめしました。

普通にやっていただけなのに。普通にやっていたはずなのに。

気がついたら転落している。ここからどうやって抜け出せばいいのでしょう。

昭和の昔にあったという「貧乏」と、今の「貧困」とはまったくの別物です。昔はがんばって働けば「貧乏」から抜け出せたかもしれません。だけどいくらがんばっても「貧困」からは逃げられないのです。『壁』は何者であっても越えられないようにできているのです。

正規の就職先なんてどこにもない。非正規や派遣で入ることは可能ですが、それこそ地獄の入り口です。なんの保証もない。いつ切られるかも分からない。給与は抜かれるばかりで上がらない。決して這い上がれない蟻地獄《ありじごく》です。

それは絶対的な格差です。蟻地獄の中でもがく者と、蟻地獄の存在すら気づかず地上を闊歩《かっぽ》している者。それぞれがまったく異なる世界で生き続けるのです。

それまでのぼくは、そうした待遇に甘んじている人達、つまり蟻地獄に落ちた人達を横目に見てはずっと憐《あわ》れんでいたように思います。しかし今は、ぼく自身が憐れみの対象になってしまっているのです。『壁』の前に立って悔しそうに頭上を見上げている人ですらないのです。

どうしよう――どうしたらいいんだろう――

スマホに着信がありました。すぐに確認すると、だいぶ前に受けた面接の不合格通知でした。

よりによってこんなときに――

皺だらけで湿ったシーツの上で、ぼくは世界を呪います。世界を？　世界ってなんでしょう？　ぼくは一体何を呪っているのでしょう？

恨むべき相手は大勢います。ケーシンも、高井戸も、コンサブライトの社長も恨んでいます。日本学生支援機構、それに国民の教育に金を出そうとしない政府。なんなら元カノの野々村を恨んだっていい。だけど、「呪う」とはどういうことなのでしょう。呪ってどうにかなるのでしょうか。呪いに物理的な威力があるというのなら、ぼくはいくら呪ってもいい。でも何を呪ったらいいのかさえ分からない。政府を支持しているのは国民です。中でも高年齢層の支持率が高いと聞いたことがあります。やっぱり老害って呼ばれるだけのことはあるんですね。ぼくは与党も野党も支持していません。ぼく一人が誰に投票したっておんなじだから、選挙には行ったこともありません。どうせ何も変わらないなら、行くだけ時間の無駄ですし。それでいて、単に今より悪くならなければいいと思っていました。他の人だっておんなじでしょう。そう考えると、どちらかというと与党支持に近いのかもしれません。裏金を作り、カルトと癒着していると分かっていてもです。自分さえ普通に暮らせればいいと。その結果、自分だけが普通でなくなってしまったのです。ならば国民を恨むしかない。自分以外の全国民を。すべてのバカな日本人を。

無理です。「全国民」。それは概念でしかありません。大きすぎて、漠然としすぎていて実体がイメージできない。呪うための集中力さえ湧いてこない。ではどうすればいいのでしょう。

分かりません。

何もかも分かりません。

ただこうやって、狭いマンションの一室で、スマホを見つめ続けるしかないのです。

枕元には、いつの間にか請求書がたまっています。いや、よく見ると雑誌やチラシの束でした。でもやっぱり請求書です。ぼくは幻覚を見ているのでしょうか。心のどこかが壊れつつあるのでしょうか。請求書はどんどん積み上がっていき、部屋中にあふれ返ります。そんなこと、あるはずがありません。でもぼくにはそれが見えるのです。

気がつくと、ぼくは悲鳴を上げていました。絶叫です。心底からの恐怖に対してです。

助けて――誰か助けて――

スマホにまた着信がありました。電話です。そんな状態でしたから、ぼくは発信者を確かめもせず応答していました。何かにすがりたいという願望があったのかもしれません。

「はい？」

〈川辺か？〉

「そうですけど」

〈おう、オレだよ〉

「あの、どちら様でしょうか」

〈何言ってんだ。オレだよ、菊地だよ〉

ただでさえ最悪なところへ予期せぬ邪悪が降ってきて、ぼくは思わず身を起こしていました。

「菊地って……あの菊地か」

〈おまえ、寝惚《ねぼ》けてんじゃねーの？　もしかして寝てた？〉

迂闊に電話に出てしまった自分を呪いました。

そうだ、自分を呪えばいいじゃないか――

「違うけど……なんか、いきなりだったんで」

高井戸と違い、ケーシンの事件で菊地は逮捕されませんでした。ぼくの番号は高井戸から聞いていたのでしょう。こんなときのために番号を変えておくべきだったのかもしれませんが、常にいくつかの会社から届くはずの面接の結果待ちであったため、変更できずにいたのです。

〈おまえ、今無職なんだってなあ〉

唐突に言われ、全身が凍りつきました。

「そんなこと、どうして知ってんだよ」

〈オレの実家、おまえんちの近所だろ〉

「おまえんとこは知らないけど、ウチならもうないよ。とっくに売った」

〈おまえんちの隣のババア、覚えてるか〉

「ああ。人の噂話が大好きだった人だろ。オレは嫌いだったな」

〈でも、おまえのおふくろさんはそうでもなかったらしいぜ〉

嫌な予感がしました。実際に菊地の言った通りであったからです。確か、LINEのやり取りもしていたと思います。

〈あのババアがよ、おまえのおふくろさんから聞いたって近所で言いまくってんだよ。ウチのおふくろも聞いたってよ。おまえが無職になって困ってるって〉

スマホの向こうから愉しくてたまらないといった含み笑いが聞こえてきました。

〈だからさ、電話してやったわけ。幼馴染みが困ってるのはほっとけねえと思ってさ〉

幼馴染みどころか、おまえと親しかったことなど一度もない――そう怒鳴りつけてやりたくなりました。しかしぼくには何も言えませんでした。ひとつには、ケーシンや高井戸との関係を知っている菊地を刺激したくなかったから。もうひとつには、菊地の真意がどうにも気になったからです。

「どういうこと？」

〈つまりよう、オレがいい仕事を紹介してやろうってこと〉

菊地が？　仕事を？

そんなの、まともな仕事であるとはとても思えません。

「気持ちは嬉しいけど、実はオレ、そんなに困ってないんだ。仕事だって、全然ないってわけじゃないし」

〈仕事って、どうせバイトだろ？　時給いくらだよ。そんなの、いくらやったって人生のムダ。時間のムダ。やるんならタイパのいい仕事しようぜ。考えてもみろよ、体張って働けるのって、今のうちだけじゃん。中年のジジイになっちまったらもうおしまいじゃん。人生詰みじゃん。おまえ、それでもいいのかよ〉

ぼくは一言も反論できませんでした。だって、菊地の言っていることに、明白な誤りはひとつも見出せなかったからです。しかし、彼の言う「仕事」が、多分に社会的リスクをはらんだものであることは容易に察しがつきました。

「マジその通りだと思うけど、オレさあ、もうヤバいことに関わんの、マジでヤなんだよね。

おまえだってそうじゃねえの？」

その言葉に、警告のニュアンスを含ませたつもりでした。でもそれは、まったくの逆効果となってしまいました。

〈ケーシンのこと言ってんのか〉

「ああ。任意聴取でえらい目に遭ったよ」

〈だったらこっちも言ってやんよ。オレだって引っ張られたけどよ、おまえの名前は最後まで吐かなかったぜ〉

最も避けたかった話題をぼくは自ら呼び込んでしまったのです。

「吐かなかったって、そもそもオレ、ケーシンとも高井戸とも無関係だし」

〈へーえ。カラオケで中学生とヤッといて、ナニ言ってやがんだよ。それってさあ、確か高校のときじゃなかったっけ〉

すぐに分かりました。高井戸が話したのです。悪意の主が、その大いなる悪意のままに、別の悪意の主へと伝えたのです。

「証拠でもあんのかよ」

スマホの向こうで菊地が爆笑しています。

〈そんなの、どうだっていいんだよ。どんな仕事してるか知らねえけどさ、オレが話せばすぐに消し飛ぶし〉

スマホを持つ手が激しく震えています。それを悟らせないようにするのが精一杯でした。

「分かったよ。おまえの気持ちには感謝してる。それでどんな仕事？」

〈おっ、急に話が早くなったじゃん〉

「いいから話せって」

〈それは会ってからにしようや。紹介したい人もいるし〉

「誰だよ。今言えよ」

〈まあ楽しみにしとけって。じゃあ、明日の昼はどう？〉

「いいけど……」

〈練馬《ねりま》区役所の向かいにファミレスがあんだけど、分かるか〉

「調べれば分かると思う」

〈じゃあそこで明日一時に〉

「分かった。じゃあな」

通話を切ろうとしたとき、菊地は脅すように言いました。

〈一分でも遅れたら、おまえの実名と中学生のこと、知ってる限りのSNSで拡散してやるからな〉

しばらくは身動きもできず、呆然《ぼうぜん》とスマホの画面を見つめていたと思います。気がつけば窓の外はしらじらと明《あ》け初《そ》めていて、朝の近いことが分かりました。

約束の時間、約束の場所に、ぼくは五分前に到着しました。店内に入って周囲を見回すと、窓際のテーブル席で菊地が手を上げるのが目に入りました。最後に会ったときより、人相がさらに悪くなっています。あれからもずっと荒《すさ》んだ生活を送ってきたのでしょう。

「悪い、待たせたな」

そう言って菊地の向かいに座ろうとすると、彼は突然声を荒らげました。

「バカ、どこに座ってんだよ」

「え、どこにって……」

「そこは五十嵐《いがらし》さんが座るんだよ。おまえはこっちだ」

そう言って自分の隣を指差します。ぼくは指示された通り菊地の横に座りながら、

「五十嵐さんて、オレに紹介したいって言ってた人か」

「決まってんだろ」

「どういう人なんだよ」

「すぐに分かるからおとなしくしてろって」

菊地はそう言いましたが、たっぷり十五分は待たされました。

突然菊地が立ち上がったので、ぼくも一緒に腰を上げました。

年は三十過ぎくらいでしょうか。たぶん天然パーマだと思いますが、縮れ髪のでっぷりとした大きな男がぼくらの方へとやってきました。上下ともオレンジ色のジャージで、サンダルを履いています。彼が五十嵐なのでしょう。

「ちわっす」

菊地にならい、ぼくも一応頭を下げます。

「はじめまして」

「そいつか、菊地。おまえのツレってのは」

ぼくらの向かいに大きい尻を下ろし、男は出し抜けに言いました。

「はい、川辺といって、小坊の頃から知ってる奴っす」

「ふうん。オーダーはもうしたの？」

「いえ、まだっす」

「じゃあドリンクバーでいいか」

五十嵐はタッチパネルで三人分入力し、大儀そうに言いました。

「オレ、コーラ。氷なしで」

「はいっ」

すかさず菊地が立ち上がり、ドリンクコーナーへと向かいます。ぼくも慌てて菊地の後を追いました。菊地はまず命じられたコーラをグラスに注ぎ、次に自分用のアップルジュースを注いで席に戻りました。仕方がないので、ぼくは飲みたくもないアイスティーにしました。

「早速だけどさ、そいつ、信用できるわけ？」

コーラをちびちびと啜《すす》りながら、五十嵐が菊地に尋ねます。

「はい。こいつ、こう見えて高校の頃に中学生をヤッちゃったくらいですから」

ぼくは愕然として隣に座る菊地を見ました。こんな奴にどうしてあっさりと喋ってしまうのか。頭がどうかしているんじゃないのか。でも理由は察しが付きました。五十嵐にも弱みを握られ、ぼくはますます逃げられなくなったのです。それと、菊地の単なる悪意です。

「そうか。ワリぃ奴だな」

それだけで五十嵐はすっかり安心したようです。

「言っとくけど、この仕事は言われた通り正確にきっちりやるのが大事だから。特に時間も守れない奴はサイテーのカスだから」

十五分以上も遅れてきて、そんなことを言っています。

「今度のバイトに参加するはずだった奴が、一昨日車で事故っちまってさあ。全治三ヵ月だってよ。急いで募集したんだけど、こういうときに限って一人も来ねえ。それで菊地に、すぐに呼び出せるような奴、誰かいねえかって話したら、一人だけいるって言うんだよ。使えるか使えねえか、もっと調べたいとこだけど、今回はもう時間がねえ。だからおまえにしたんだよ」

「はあ……」

この局面では、頷く以外の選択肢はありません。

五十嵐はコーラのおかわりを菊地に命じ、それが届けられたところで具体的な話に入りました。

「一緒に行くのはオレら以外にもう一人、運転手がいる。名前は訊くな。明日の夜十時に向かいの区役所前に集合。それでおまえ」

ふんぞり返った姿勢で五十嵐はぼくを見据え、

「おまえも運転手には名前を教えるな。オレらの名前も絶対に呼ぶんじゃねえ。いいな？」

「じゃあ、なんて呼べばいいんですか」

「呼ばなきゃいいだろ」

「でも、何が起こるか分かりませんし……」

五十嵐は面倒くさそうに顔をしかめてコーラを啜り、

「そんときゃ『おい』とか『もしもし』とか、いろいろあんだろ。そんなんでいいんだよ」

「分かりました」

次いで五十嵐は菊地に向かい、

「菊地よお、もしこいつがドジりやがったら全部おまえの責任だからな。覚悟しとけよ」

「ウッス」

神妙に答えてから、菊地はぼくを横目で睨《にら》みつけました。精一杯威圧しているつもりなのでしょう。

「じゃ、そういうことで」

五十嵐は伝票をつかんで立ち上がり、レジへ向かいました。菊地は反射的に立ち上がり、頭を下げています。

「お疲れさんしたっ」

五十嵐の巨体が店外に消えるのを見届けてから、ぼくは菊地に尋ねました。

「一体どういう人なんだよ、あの人」

「オレも知らね」

その返答には絶句するしかありません。

「知らねって、そんな……」

呆れつつもさらに問い質しました。

「じゃあ、どこで知り合ったんだよ」

「センパイって、どこの」

「センパイの紹介だよ」

すると菊地は凶悪な目でぼくを威嚇するように、

「うっせえな。それ以上訊いてみろ、ぶっ殺すぞ。こういうのはな、お互い何も知らねえ方がいいんだよ。五十嵐さんも言ってただろ」

「名前を呼ぶなとかってこと？」

「決まってんだろ。いいか、逃げるんじゃねえぞ。もし明日来なかったりしたら、すぐにおまえの――」

「分かってるって。その代わり、これっきりにしてくれよな」

「ああ」

菊地は嫌らしい笑みを浮かべて頷きました。

その日の夜から明け方まではバイトのシフトが入っていました。朝帰宅して、ユニットバスのシャワーを浴びてからすぐに布団に潜り込みました。体は疲れているはずなのに、神経が昂《たか》ぶって、ほとんど眠れませんでした。

昼過ぎになって、仕方なく起き出しました。少しも眠っていないのに、頭は異様にクリアでした。その分だけ、心臓が苦しかった。ストレスとプレッシャーです。

仕方なかったんだ――

長い時間、布団の上でずっと自分に言い聞かせていたことを、改めて口にします。「仕方なかったんだ」と。五十嵐は「バイト」と言っていましたが、れっきとした犯罪です。でも、菊地にあのときのことをバラされたらぼくはもうまともな就職なんてできません。それでなくても菊地は、言いたくて言いたくてたまらないような顔をしていました。やるしかないんです。本当に仕方なかったんです。

生活費を節約するため常食にしている食パンをパックの牛乳で流し込み、ネットの動画を眺めたりして時間を潰しました。午後十時十分前に練馬区役所前で菊地と合流し、二人でぼんやり突っ立っていると、十時を四、五分過ぎた頃に白いホンダ・ステップワゴンがやって来て停車しました。中からドアが開けられ、白っぽいセーターを着た五十嵐が顔を覗かせます。ぼくと菊地が乗り込むと、車はすぐに発進しました。運転手は白いマスクをした中年の男です。年は四十くらいでしょうか。黄土色の作業着みたいな服でした。

車内で五十嵐はどこかに電話をかけています。

「……あ、オレっす。今出発しました。問題ないっす……はい……はい……じゃあ予定通りに……はい、何かあったらすぐ連絡しますんで」

どうやら誰かに報告を入れているようです。つまり、五十嵐の上に誰かがいて、その人物が指令を発しているのです。

関越自動車道を走ったステップワゴンは所沢《ところざわ》インターチェンジで下り、川越街道《かわごえかいどう》に移って北西に進んでいます。ふじみ野市に入ったあたりで右に逸れ、真っ暗な路地に入っていきました。

「おまえら、そろそろ用意しろ」

五十嵐の指示に従い、ぼくらはリュックサックから用意してきた白いマスクを取り出して装用し、キャップを目深に被りました。着ている黒のジャンパーを含め、すべて量販店で買った物です。

コンビニでバイトしているときもそうですが、マスクを着けると、どういうわけかコロナ禍のことが思い出されます。今にして思うと、あの頃はまだ希望があった。少なくとも、普通に就職して普通に生きていけると思い込んで疑わなかった。単にぼくは、世の中を知らない子供でしかなかっただけなんですけど。

最後に軍手を嵌《は》めていると、五十嵐のスマホに着信がありました。

「はい……あっ、今連絡しようとしてたとこです……すんません……はい、もちろんっす」

運転手が車を川沿いに駐めました。五十嵐がスマホを顔から離して命令します。

「よし、行ってこい」

ぼくと菊地は車から下り、早足で川沿いに二〇メートルほど歩きました。その先に照明の消えた自動車修理工場がありました。その裏に回って、窓をバールで叩き割って中に侵入しました。

あれこれ考え出すと息が詰まります。だからなるべく何も考えないようにして、ただ計画通りに体だけを動かしました。脳内でアドレナリンが放出されているせいでしょうか、昨日から眠っていないのに、疲れは感じませんでした。

窓のすぐ内側は、物置のような部屋になっていました。そこを通り抜けてドアを開けると、事前に教えられていた通り事務所でした。ぼくには知る由もありませんが、工場の関係者の中に情報提供者がいるのでしょう。スチール製の机や書類棚がいくつか並んでいます。菊地と手分けしてそれらを片っ端から開けていきます。中に現金やカード類が入っていたりすると、すべてリュックサックに投げ入れました。

目的の物はぼくが見つけました。奥に設置された流し台の下の収納に、それは隠すように入れられていました。

「あったぞ」

発見した手提げ金庫を示してみせると、菊地は低い声で言いました。

「よし、逃げっぞ」

ぼくはすぐに手提げ金庫をリュックにしまい、菊地の後を追います。裏口の鍵を開けて外に出たぼくらは、走り出したい気持ちをこらえて極力普通に歩きながらステップワゴンへと戻りました。いえ、最後の数メートルは本当に走っていたと思います。

「あったか」

五十嵐の短い問いに、ぼくは無言でリュックの中の金庫を見せました。

「よし、出せ」

五十嵐の合図で運転手がすぐに車を発進させます。

「おい、ナニいつまでもてめえで持ってやがんだ。早くこっちへよこせ」

「あ、はい」

言われるまま金庫を差し出しました。

「他にもあんだろ。全部出せ」

ぼくと菊地は、リュックに入れてきた盗品をすべて五十嵐に渡します。

それらを自分のバッグに移し、五十嵐は電話をかけ始めました。

「……あ、オレっす。ブツありました……カギが掛かってますけど、こんなのすぐに壊せます……ええ、こっちでやっときますんで、アガリはすぐに……はい、了解です」

車は都心へと引き返しています。ぼくと菊地は、西武線所沢駅近くのファミレスで下ろされました。

「おまえら、もう帰っていいぞ。バイト料はネットで送金するから、口座番号とかシグナルで送れ」

シグナルとは秘匿性の高いアプリで、アンダーグラウンドの住人によって特殊詐欺や違法薬物の売買などに使われることが多いとネットの記事で読みました。

「連絡先や免許の画像も忘れるな。いつもと順序が逆になっちまったけど、バイトの登録に必要だから。ちゃんと送ってこねえとタダ働きだからな」

慰労の言葉ひとつなく、五十嵐を乗せた車は走り去りました。

ぼくは仕方なく菊地とファミレスに入りました。そこで始発を待つしかありません。

「あの金庫、いくら入ってたんだ？」

ドリンクバーのコーヒーを飲みながら尋ねると、菊地はうるさそうに言いました。

「知らねえよ。いくらだろうと、オレらに関係ねーだろ」

そうなんです。ぼくらはあくまで「バイト」にすぎません。どこの誰とも知らない人の事務所に窓を壊して侵入し、窃盗を実行しても総額八万五千円の「バイト」でしかないのです。金庫の中身と、その他の盗品は、すべて五十嵐の上にいる「誰か」が徴収します。五十嵐はそれなりの報酬を受け取っているとは思いますが、ぼくらはあらかじめ決められた金額しかもらえません。それが「バイト」というものです。

「さっき五十嵐さんが言ってた口座とか連絡先とか、オレ、教える気ねえから」

疲れたようにおしぼりで顔を拭っていた菊地が、その手を止めて睨んできました。

「おまえ、バイト代いらねえのかよ」

たとえ八万五千円でも、今のぼくには欲しいに決まっています。しかし、もっと大事なことがありました。

「全部おまえにやるよ。その代わり、これっきりにしてくれ。こんなの、もう二度と関わりたくない。あんな人に個人情報なんか渡せるかよ」

菊地は声を殺して笑いました。

「ばーか。いくらおまえがいらねえっつっても、おまえの分をオレがもらえるわけねーだろ。考えてもみろ。五十嵐さんがオレの口座に二人分の金を振り込んでくれると思うか？　あの人の取り分が増えるだけじゃん」

そう言われると、確かにそうだろうと思えてきました。

「とにかくこれきりにしてくれ。中学生とヤッたこと、バラすんならバラせよ。どっちにしたって窃盗罪よりマシだから」

「そうか」

意外にも、菊地は再びおしぼりで顔を執拗に拭きながら億劫そうに言いました。

「五十嵐さんには、あいつはビビっちまってもう使いもんになんねえって言っとくよ。自分の取り分が増えるわけだから、あの人も文句は言わねえだろ」

低く漏れ出たその言葉に、ぼくは菊地もまたビビっているのだと察しました。見つからなかったからいいようなものの、もしあそこに誰かいたら、警察に通報され、ぼくらは今頃捕まっていたかもしれないのです。そんなことすら想像できなかった。小学生でも分かることなのに。いくら仕方なかったと言っても。

唐突に震えが襲ってきました。自分のしてしまったことに、吐き気のするような嫌悪と後悔の念を抱いたのです。でもその震えは、自分でも驚くほどあっさりと収まりました。こんなものかと思いました。口にさえ出して言いました。「こんなものか」と。するとき菊地が、顔にできている吹き出物の膿《うみ》を卓上のペーパーナプキンで押さえながら同意しました。

「こんなもんなんだろうな、きっと」

それきり特に話すこともなく、ぼくは始発の時刻まで、菊地と一緒に無為としか言いようのない時間を潰しました。


〈バイト料〉の八万五千円と引き換えに、ぼくは菊地と縁を切ることに成功しました。

でも、日々の生活の苦しさは変わりません。家賃をはじめ、毎日のように支払い期日がやってきます。中でも苦しいのはやはり奨学金でした。

ぼくは恥辱をこらえてもう一度父親に電話してみました。いくらかでも援助してくれないかと。答えはそっけないものでした――「前に送った分で精一杯だと言ったろう。いつまで親に頼ってるんだ。おまえもいい大人なんだから」。

いい大人。なんですか、それ？「悪い大人」ならいくらでも知っていますが、「いい大人」なんて一人も知りません。テレビでは大きく報道されませんけど、公金を横領し、税金を踏み倒した人達が捕まりもせず政治家を続けていられる世の中じゃないですか。文科省の大臣までがそんなありさまで、誰が子供の手本になるんですか。政治家でなくても、ネットで叩ける相手を日がな一日探し回っている人達がこんなにもあふれ返ってる。「いい大人」なんて、一体どこにいるのでしょう？　ぼくだって、なれるものなら「いい大人」になりたい。でもなり方なんて分からない。誰も教えてくれなかったからです。学校の先生がその身を以《もっ》て勉強以外に教えてくれたのは、「いかにふるまえば自分の責任を問われないか」「どうすれば自分のエゴを満たせるのか」ということだけです。

ほら、あなたもいつも使っているSNSを開いてみて下さい。そう、重大犯罪の被告人でもあったはずのアメリカの極右政治家を大企業のオーナーが声高に支持してはばからない、あのSNSがいいでしょう。そこに毎日流れてくるのは、警察官や学校教師が盗撮やわいせつ行為で捕まったというニュースです。どうして同じような事件が毎日決まって起こるのでしょう。際限なく流れてきて、いずこへともなく消えていく。警察や学校には、毎日誰かが盗撮をしなければならないという規則か罰ゲームでもあるのでしょうか。

官僚の仕事は毎日公文書に墨を塗ることなのでしょうか。東大を出て、国家公務員試験を突破しながら、やることは幼児の遊びと同レベルだなんて。もう少し上のレベルなら、簡単な漢字さえ読めない政治家のため、答弁書にきちんとふりがなを振ることでしょうか。

みなさんはよく正気を保っていられますね。それはきっと、「普通の社会人」だからなのでしょう。ぼくだって、そんなの、以前は気にもならなかった。それが普通で、それが政治で、それが社会だと思っていたからです。だけど、普通でなくなったぼくにはもう耐えられない。「親ガチャ」なんて言葉がありますよね。もとはネットスラングだろうと思いますけど、今では普通に定着しています。そのことが親ガチャの実在を証明しているとも言えるでしょう。

義務教育レベルの漢字が読めなくても、有力な政治家の家に生まれれば総理にもなれてしまうのです。一体なんの冗談でしょう。貧困層の人間は百円のおにぎりを盗んでも逮捕されます。そういう人、ぼくがバイトしていたコンビニでも何人かいました。すぐに何人もの警官が飛んできて、みんな小突かれながら連行されていきました。でも、政治家なら公金をいくら盗んでも捕まらない。脱税しても捕まらない。しかも「うまくやっている」というだけではありません。世間にバレても、なぜか罪に問われないのです。そんな光景を、ぼく達は小学生くらいの頃から当たり前のように見せつけられているのです。

大学生の頃、半グレみたいな人達に絡まれて交番に飛び込んだことがあります。しかし中にいた若い警察官は、「そういうのは当人同士で話して」と言うだけで助けてくれようともしませんでした。「自分の得にならないことは絶対にしたくない」。学校の教師と共通する公務員のポリシーを、そのときほど痛感したことはありません。

政治家でなくても、上級国民ならおんなじです。富裕層に生まれた子供は、幼稚園に入る前から教育費をかけてもらえる。家庭教師だって何人も雇える。名門私立幼稚園にも有名企業にもコネ枠で優先的に入れます。それだけで人生大違いです。格差が固定化するはずです。

ぼくは自分自身を比較的恵まれている方だと思っていました。それがどうですか。奨学金を借りないと大学にも行けず、挙句に実の父親から「いつまで親に頼ってるんだ」と言われたんですよ。まさに親ガチャ大失敗です。本当にツイてなかった。親ガチャに成功した連中とは、最初からコースが違っていたんです。『壁』の外に生まれたばっかりに。

すみません、話がだいぶ逸れてしまいました。

一生懸命努力はしているのですが、依然仕事は見つかりません。選《え》り好《ごの》みをしているわけではないのです。大手有名企業なんてとっくにあきらめています。中小以下の企業です。それでも面接で落とされたりします。新卒時には完璧であったはずの面接心得が、なぜかもう通用しないのです。これも当然ですよね。新卒の学生と中途採用では、求められているものが違うのですから。加えて「元コンサブライト」の汚名はどこまでも付いて回りました。面接で落とされるのも、この経歴が影響していた可能性は否定できません。いや、そうに決まっています。

奨学金の返済を待ってもらうため一般猶予を申請したのですが、認められませんでした。バイトをやっていることが引っ掛かったのかもしれません。その時点で、返済がすでに二ヵ月滞っていました。もう後がありません。奨学金を三ヵ月滞納すると延滞金が課され、個人信用情報機関である全国銀行個人信用情報センターに事故情報として登録されます。そうなるとクレジットカードも作れません。さらには、日本学生支援機構から債権譲渡を受けた債権回収業者が厳しい取り立てに乗り出し、場合によっては裁判を起こされたりもします。ヤクザや闇金の話じゃないんですよ。何が「学生支援機構」でしょうか。学生からむしり取るだけのハゲタカ機構とでも名乗った方がよっぽど実態に即しています。

マンション近くの児童公園で缶チューハイを飲みながら、どうすればいいか考えました。

まず第一に、もっと安いアパートに引っ越す。今より狭くてもいい。風呂はなくても、簡易シャワーさえあればなんとかなる。最寄り駅から遠くなっても仕方がない……

そこまで考え、引っ越しの初期費用について思い至りました。来月の家賃さえ危ういというのに、引っ越しなんてできるわけありません。最初から安い物件に入居しておけばよかったと悔やんでも後の祭りです。いや、そんなことより奨学金の返済の方が先でした。もう頭がまともに働かなくなっているようです。

どうしよう……空になった缶を握り潰したとき、シャツのポケットに入れてあったスマホに着信がありました。落ち着いて発信者を確認しました。名前は登録していませんでしたが、その番号には見覚えがあります。

菊地です。

着信拒否にしておけばよかったと思いましたが、もう手遅れだし、どのみち同じことでしょう。奴のしつこさ、性根の曲がり具合を、ぼくはまだまだ甘く見ていたのです。

少し考えてから、応答しました。

「はい」

〈オレだよ〉

最も聞きたくなかった声が流れ出ました。

「おまえ、もう電話してこないって約束しただろう」

〈さあな〉

ふてぶてしく嗤っています。

「まあいい。切るぞ。もう二度と電話してくんな」

〈いいのかよ、そんなこと言って。ああ、確かに約束したよ、おまえが中学生とヤッたってことは誰にも言わねえってな〉

「だったら――」

〈けどよ、この前オレとおまえがやったバイトについては約束してねえ〉

ぼくは言葉を失いました。菊地は、先日の盗みをネタに脅迫しているのです。

〈高校の頃のヤンチャは時効かもしれねえが、ありゃあそうはいかねえよな〉

「おまえだって共犯じゃないか」

〈そうさ。だからまた一緒にやろうって誘ってやってんだよ〉

こいつはぼくが断ることなどあり得ないと踏んでいるのです。また同時に、自分が捕まるようなことになってもいいという、ある種の自棄《じき》的な開き直りのようなものも感じました。

「おまえ、所沢のファミレスじゃ、もう二度とやらないみたいなこと言ってたじゃないか」

〈カネがいるんだよ、カネがっ〉

いきなり語勢が強いものへと変化しました。

〈それに五十嵐さんが許してくれねえ。あの人も上には逆らえないんだ〉

「上って、誰だよ」

〈知らねえよ。分かってるのは、知ったらヤベえ人だってことだよ〉

そんなことを言われて、参加する気になれるものではありません。ぼくはいよいよ恐くなりました。

「バイトするには免許証とか見せないとダメなんだろ」

〈それはいいって〉

「なんで」

〈あれは闇サイトで募集をかけたときの決まりなんだ。相手を逃げられなくするように身許をガッツリ押さえるんだよ。おまえの身許はオレがとっくに全部教えてあるから〉

なんてことをしてくれるんだ――

「他にもツレがいるだろ。そいつらに声かけろよ」

〈ダメなんだよ、みんな使えねえヤツばっかでさ。それに、五十嵐さんのご指名なんだよ、おまえがいいって〉

「なんでオレなんだよ」

〈知るかっ。ロクなのが集まらなかったんだろ。もしかしたらビビって逃げたとか？　とにかく人がいるんだよ。それでおまえを呼べって五十嵐さんが〉

「関係ないだろ。これ以上オレを巻き込むな」

〈もうおまえしかいないんだよ。おまえを連れてかねえとオレがシメられる。オレ、五十嵐さんからカネ借りてんだよ。だからオレ、本気なんだよ。来ねえとおまえを道連れにして自首してやる〉

菊地の本気度が伝わってきます。またしても選択肢はありません。

〈なあ、頼むよ。ガキの頃からの親友だろ〉

今度は哀願の口調に変わりました。

耳を疑います——誰が親友だって？

〈オレ、カネ返さないと殺されるんだよ。おまえだってそうだ。おまえの身許や個人情報だって知られてるんだ。どこに逃げたって殺されるだけだぞ〉

菊地のようなバカの巻き添えで殺されるなんて、最悪もいいところです。

「ふざけんな。第一、逃げる金なんかねえよ」

〈だったらちょうどいいじゃないか。五十嵐さん、今度はおまえにも大金を払うって約束してくれてるし〉

「いくらだよ」

〈七十万だ。いくら闇バイトでも、一日の仕事で普通はそんなにもらえないんだぜ。こんなタイパのいいバイト、他にあるかよ〉

七十万円。心と視界が、同時にぐらりと揺れました。五メートルほど先にあったジャングルジムが、異様に歪んで見えました。

それだけあれば、引っ越しもできるし、奨学金もしばらくは返済できます。

もう一度書きます。選択肢はなかったんです。どこを探しても見つからなかった。

深呼吸してから答えました。

〈分かった、やるよ〉

しょせんはバイトです。頼まれた仕事を無難にこなす。それだけです。

ぼくはそう考えることにしました。自動車修理工場での仕事があまりにもすんなりいったので、そんな気になってしまったのかもしれません。

でも、考えてみて下さい。「バイト」と「闇バイト」、一体どこが違うのでしょう。パチンコ屋のバイトは合法です。パチンコは勝てば換金できる賭博であり、れっきとした違法行為のはずでしょう。でもパチンコ業界の許認可団体とかそういった仕事の多くは警察OBの天下り先で、合法とされています。もっと言えば、カジノだって合法化されてしまいました。上級国民の利権のためにです。身も蓋もありません。風俗だってそうですよね。すべては政治家や金持ちが自分達の都合だけで決めてしまうのです。そんなことで合法と違法の定義が決められてしまうのなら、「バイト」と「闇バイト」の違いなんて、霧と排ガスの境目よりも曖昧です。カジノを作りたがっている人達は、少なくともその月の家賃や奨学金の返済に困っているなんてことはないでしょう。だけどぼくは違います。切実に困っているんです。

なんだ、違いなんてないじゃないか。

そういうふうに、明確に結論づけたわけではありません。でもこんな社会で生きていると、知らず知らずのうちにそういう考えになってしまってもおかしくないと思いませんか。

少なくともそのときのぼくは、「闇バイト」だからダメだ、よくない、と認識し、忌避することができない状態であったのだろうと思います。

実を言うと、今でも同じことを思ったりします。あれから何度も考えましたが、世の中はどうしたって公平じゃない。上級国民が自由に社会のルールや法律を作れるのなら、ぼくらだって許される。いえ、許されねばならない。論理的な反論がもしあるのなら教えてほしいくらいです。なぜ賭博であるパチンコは合法なのか。なぜ警察ＯＢがパチンコ業界や風俗業界に天下っているのか。いえ、世の中すべては「建て前」であることは理解しています。それで世の中が回っていることも知っています。子供じゃありませんからね。だけどこうなってみると、それを口にしたくもなるじゃないですか。不公平は正されるべきであると。

ぼく達は、コンビニで百円のおにぎりを万引きするしかない側の人間なんです。分かっています。全部言いわけでしかありません。ここで書いておきたかったのは、そのときのぼくが何を考えていたかということです。たとえ論理が破綻していたとしても、あなたが求めているのはその正確な記録であろうと考えたからです。

午後十時、ぼくは指示された通りの用意をして浅草《あさくさ》で菊地と合流しました。服装は二人とも前回と同じ黒いジャンパーです。今度は時間通りに、先日と同様にステップワゴンが迎えに来ました。ただし車体の色が違っていて、グレーでした。ナンバーまでは覚えていなかったので、前回と同じ車かどうかは分かりません。

すぐに発進した車には、五十嵐と運転手、それにもう一人、中肉中背の若い男が乗っていました。運転手は前回の人と同じくらいの年齢に見えましたが、違う人です。ガリガリに痩せていて、髪はかなり薄くなっており、頭皮が夜目にも透けて見えました。ぼくや菊地と同じく、てかてかした安物の黒いジャンパー姿です。若い男はメタルフレームのメガネを掛けていて、坊ちゃん刈りのような、前を切り揃えた変なヘアスタイルをしています。着ているのはなんだか薄汚れた感じのする紺色のトレーナーでした。ぴっちりと合わせた両膝の上に置いた自分の手をじっと見つめています。よく見ると全身が小刻みに震えていて、かなり緊張しているようでした。もっとも、緊張しているのはぼく達だって同じです。それに全員が白いマスクをしていますから、顔がはっきり分かったわけではありません。

この若いメガネの男と中年の運転手は、新たに闇サイトから応募してきて採用された人だということでした。当然、自己紹介といったものはなく、彼らの名前なんて知りませんし、ぼくと菊地の名前も彼らには知らされていないはずです。

迷彩柄のジャケットを羽織った五十嵐は、車内でやはり誰かとスマホで通話していました。

「お疲れっす……はい、予定通りです……えっ、俺もですか……いえ、そんな……やれます、大丈夫っす」

何か予想外のことを命じられたようです。

「はい、了解っす……あ、できます、ちょっと待って下さい」

スマホを操作し、五十嵐は通話をスピーカーモードにしました。異様にかん高い男の声が車内に流れました。

〈皆さん、ご苦労様です。大まかな仕事の流れはそこにいる現場リーダーから聞いていることと思います。簡単な仕事ですけど、大きな収益が見込めますので、皆さん、しっかりやって下

さい〉

闇バイトの指令とは思えない、やたらと丁寧な口調でした。

〈ターゲットは大金を家に隠し持っているジジイとババアです。年金をもらっているクセに、社会保障とか医療費とか、私達の税金を使い放題。こういう奴らが現金を貯め込んで市場に出さないため、多くの若者が困窮しているのです。私達がその金を使うことによって、経済が活性化します。皆さんはこれから社会貢献をするのです。その意識を忘れないでほしい。では、目的地に到着するまでリラックスしてて下さいね。でも安全のため、お互いおしゃべりは厳禁です。後は現場リーダーの指示に従って下さいね〉

通話が切られる音がしました。今の声の主が誰であるのか、詮索してはいけないことくらい全員が承知しています。五十嵐はスマホをポケットにしまい、偉そうに言いました。

「聞いた通りだ。今回は俺も現場に入って指揮を執る。それだけのデカい仕事だ。気合い入れていけよ」

ぼくも菊地も無言で頷きます。メガネの男だけは、「はいっ」と不必要に大きな声で返事をしていました。それ以後は、リラックスどころではない、重い沈黙の時間が続きました。正直苦痛でしかありません。せめて音楽でも聞ければと思ったのですが、仕事の間はスマホの電源を切るように言われていたので、それもできませんでした。

運転手は相当に気の短い性格らしく、赤信号に引っ掛かるたび、「くそっ」とか「またかよ」とか小声で毒づいていました。普通に出会っても絶対に関わりたくないタイプの人です。

て言うか、ぼくらとの接点なんてあり得ない人種でしょう。メガネはメガネで、暑くもないのにやたらと汗をかいていて、タオルハンカチを取り出しては何度も手や首筋の汗を拭っています。おかげで、しばらくすると車内全体が汗臭くなってきました。五十嵐が顔をしかめて、「オイおまえ、これ以上汗かいたらぶっ殺すぞ」と文句を言っていたくらいです。メガネは「すみません、もうかきません」と謝っていましたが、汗を止められるはずもなく、よけいに汗臭くなっただけでした。

水戸街道《みとかいどう》を北東に進んでいたステップワゴンは、江戸川《えどがわ》を越え、松戸《まつど》を過ぎてしばらく走ったあたりでハンドルを右に切りました。柏《かしわ》市の住宅街を抜けると、やがて夜の底に広がる畑が見えてきました。所々に大きな家が点在していますが、街灯はほとんどありません。

運転手の中年男は、ちょっとした雑木林の手前で車を駐めました。その先に一軒の家が見えました。どうやらそこが目的地のようでした。車内で全員が持参した黒いキャップを目深に被り、軍手を嵌めて〈道具〉を手にします。ぼくに与えられた道具は大きなモンキーレンチでした。それから空の黒いリュックサックを背負いました。〈獲物〉を入れるための用意です。

今回は五十嵐も運転手も外に出ました。全部で五人です。

すばやく家まで走り、生け垣で囲まれた敷地《しきち》内に侵入します。昭和の造りらしく、玄関ドアの横にガラスブロックの明かり取りが縦長に設けられていて、そこから常夜灯の光が漏れていました。一階の窓は、全部曇りガラスになっているようでした。運転手が玄関の左側にある窓の一部をハンマーで叩き割りました。片手を突っ込んで解錠し、屋内に入り込んで目立たないよう窓を閉めます。隣家はかなり離れていますから、物音を聞かれる心配はありません。すぐに玄関ドアが中から開けられ、残る四人が家に入りました。

土足で上がり、玄関から続く廊下を奥へ進もうとしたところ、右側の部屋から寝間着を着た老人が出てきました。窓の割れる音で目を覚ましたのでしょう。

ちょうど鉢合わせした恰好です。常夜灯の下、双方とも驚いて立ちすくんでしまいました。しかしぼく達は、あらかじめそのつもりで来ているわけで、突然の事態に対し手筈《てはず》通りに動けました。奥へ逃げようとする老人を運転手と菊地がタックルして引き倒し、若いメガネの男が業務用の布テープで手足や顔をぐるぐる巻きにします。

ぼくは五十嵐と老人の出てきた部屋へ踏み込みました。布団の上で震えていた老婆が、思い出したように枕元のスマホを取り上げました。通報されたらおしまいです。ぼくは咄嗟に持っていたモンキーレンチで老婆の手からスマホを叩き落としました。悲鳴を上げて手を押さえた老婆を、メガネが布テープで拘束します。

「ババアのくせにスマホなんか使ってやがったのか」

そう呟《つぶや》いて五十嵐が老婆に腹立ちまぎれの蹴りを入れています。

老夫婦はぐっすり寝込んでいるから、すぐに縛り上げれば問題ない――打ち合わせではそう聞かされていたのですが、ぼくは今さらながらに計画の杜撰《ずさん》さに呆れました。事前に確認しなかったこちらも悪いのですが、ここで五十嵐を怒らせるわけにもいきません。

「命が惜しかったら金のありかを言え。さあ、早く言えよっ」

廊下で運転手の中年男が老人をハンマーで小突きながら脅しています。強盗の常套句としか言いようのないセリフですが、中年男は必死です。彼もまた切実に金を必要としているのでしょう。この局面では、確かに他の言い方は思いつきません。

「早く言えよジジイっ」

中年男は焦っているのか、ハンマーで老人の胸のあたりを乱打しています。

口を布テープで塞がれている老人は、悲鳴を上げることもできずに苦悶《くもん》するばかりです。

そのとき、

「どうしたの、お祖父《じい》ちゃん」

背後で子供の声がしました。驚いて振り返ると、階段の中ほどにパジャマを着た男の子が見えました。

一目で状況を察したのでしょう、悲鳴を上げて階段を駆け上がる子供を追って、菊地とメガネの男が駆け出します。すぐに子供を捕らえ、一階の廊下まで抱え下ろしました。メガネは子供の全身にも布テープを何重にも巻き付けています。

「おい、おまえらは二階を調べるんだ。他にも誰かいるかもしれねえ。俺らは一階を調べる」

五十嵐の指示で、菊地とメガネ、それに中年が階段を駆け上がっていきました。ぼくは五十嵐と手分けして一階を回りました。台所に居間、浴室、洗面所、それに老夫婦の居室。標的に選ばれるだけあって、古いけど広い家です。ほとんどの部屋が和室でした。入念に見て回りましたが、もう人はいません。

階段の方で子供の泣き声がしました。駆け戻ってみると、菊地がパジャマの女の子を抱き抱えて下りてきたところでした。

泣き叫ぶ女の子を、菊地は廊下に叩きつけるように投げ出しました。メガネがすかさず布テープを夢中で巻き付けます。よほどテープが気に入ったのか、メガネはその作業自体に興奮しているようです。女の子の泣き声は、すぐにテープで遮られました。

おそらく兄妹《きょうだい》なのでしょう、男の子は五、六歳くらい、女の子はそれより少し幼く、三、四歳といったところでした。「お祖父ちゃん」と呼んでいたことからすると、老夫婦の孫に違いありません。夏休みでもないのに、孫が泊まりに来ていたとは完全に予想外でした。

「二階にはこの子だけでした」

中年がなぜか得意げに報告します。

困惑したような顔で頷いた五十嵐は、スマホを取り出し、発信しています。

「あ、お疲れっす」

〈お仕事、終わったんですか〉

スピーカーモードにしているので、相手の声も丸聞こえです。

「それがですね、ジジイとババアの他にガキが二人もいまして。どうやら孫みたいです」

〈孫が二人？　他には？〉

「他にはいません」

〈間違いありませんか〉

「間違いありません」

〈孫はどうしました〉

「捕まえました。テープで縛っています」

相手はほんの少し考え込んでいるようでしたが、すぐにきっぱりと言いました。

〈じゃあ、問題ないですね。さっさと仕事を片づけて下さい〉

「はい」

通話を切ると、五十嵐は全員を怒鳴りつけました。

「なにやってんだオラ、さっさと吐かせろよ」

中年がまたも老人をハンマーで小突き始めます。

「早く金を出せ、ぶっ殺されてえのかっ」

しかし老人は苦しそうに身悶《みもだ》えることしかできません。

「バカかてめえは。それじゃ話せるわけないだろうがよ」

呆れたように言い、五十嵐が老人の顔からテープを剝ぎ取りにかかります。なにしろ顔全体に巻き付けられているので、老人特有の長く伸びた眉毛が、痛そうな音を立てて全部きれいに引き抜かれました。

「あーあ、どんだけ巻いてんだよ。剝がすのがえれぇ手間だよ」

文句を言いながら五十嵐がテープを剝がし終えると、老人が大きく息を吸い込みました。テープで呼吸ができなかったようです。

「おいジジイ、早く出せよ金」

呟き込んでいる老人のそばにしゃがみ込んだ五十嵐が、

「聞こえてんだろ、早く言えよ。どこにあんだ?」

「財布ならそこの机の上に」

「そんなはした金じゃねえ。もっと大金があんだろがよ」

「そんな大金なんて……ありません……」

「なんだと? いいかげんなウソ言ってんじゃねえ。こっちはちゃんと調べてあんだよ。早く言えよコラ」

「本当……です……」

「あっそ」

立ち上がった五十嵐は、ぼくを指差して言いました。

「おまえ、そっちのババアを痛めつけろ」

「あ、はい」

布団に近寄ったぼくは、老婆の様子を見て五十嵐に言いました。

「あの……」

「なんだ」

「みんな顔までテープ巻かれてますよね」

「それがどうした」

「みんな窒息してんじゃないですか」

「えっ」

五十嵐が慌てて命令します。

「おい、すぐにこいつらの顔からテープ剝がせっ」

総がかりでテープを剝がしにかかります。

こうして書いていると、なんだかぼく一人が冷静なように見えますね。でも、決してそんなわけではないんです。この家に侵入したときから、いえ、この仕事のためにマンションを出たときから、どう考えても普通の精神状態じゃありませんでした。ぼくだけではありません。薬物をキメているわけでもないのに——菊地と五十嵐はどうだか知りません——皆脳内物質が出まくりみたいな、そんな異様なテンションでした。時間の経った今だからこそ、冷静に書き記すことができているだけなんです。

そのときのぼくは、五十嵐と二人で老婆のテープを剝がそうとしましたが、髪に貼り付いてなかなか取れません。老婆は今にも息絶えてしまいそうに痙攣《けいれん》しています。

「マズいぞ」

五十嵐はポケットから業務用の大きなカッターを取り出し、老婆の口のあたりのテープを切り裂きました。口と鼻が露出した老婆は、苦しそうに咳き込んでいます。間一髪というところです。頰や唇まで切られて派手に血が出ていますが、呼吸のできない苦しさに比べれば、本人も気づかない程度のようでした。

「喜美代《きみよ》、喜美代っ」

老人が盛んに妻（でしょうね）の名前を呼んでいます。

「うるせえ、黙ってろっ」

五十嵐に八つ当たり的な蹴りを入れられ、老人は一声呻《うめ》いて黙りました。

他の三人は子供達のテープを剝がし終えたようです。男の子はぐったりとしていましたが、かろうじて息をしています。しかし女の子の方は、人形のようにくたりとして、まったく動かなくなっていました。

「こっちは死んでるみたいっす」

菊地がなんだか事務的に報告します。

それを聞いて、老夫婦が悲鳴のような叫びを上げました。

「絵里奈《えりな》、絵里奈っ！」「しっかりして、絵里奈ちゃん！」

「うるせえっつってんだろっ」

五十嵐に蹴りを入れられ、二人とも海老のように体を折り曲げて呻くばかりです。

「おい、おまえ、こっち来い」

「なんですか」

近寄ってきたメガネを五十嵐が張り倒しました。

「このバカ、チョーシン乗ってどんだけテープ巻いてんだよ。アホかてめえは」

倒れ込んだ男は、手を伸ばして吹っ飛んだメガネを拾い上げ、バネでも仕掛けられていたかのように立ち上がります。

「すんません、すんませんっ」

「おまえ、バイト料半額な」

「それだけは勘弁して下さい。僕、どうしても金がいるんです。僕、言われた通りにしただけです。悪いことはしてませんから」

闇バイトの最中に「悪いことはしていない」はないだろうと思ったことを覚えています。

「オレはテープを巻けって言ったんだ。誰がミイラ男にしろって言ったよ」

「でも、全身に巻けって言ったじゃないですか」

「ハナくらい出しとけよ。全部ふさいだら死んじまうってことくらい分かんねえのかよ」

「だったら最初からそう言って下さいよ。ちゃんと言われてたら僕、そうしてましたから」

メガネは必死に食い下がります。五十嵐は舌打ちしてスマホを取り出しました。

「あ、お疲れっす」

〈どうですか、仕事の方は〉

「それがですねー、ガキが一人死んじまったみたいで……バカが顔中にテープ巻いたんであっさり窒息っすわ」

〈そうですか。まあ、死んだものはしょうがありませんね。それで、金の方は〉

「ジジイとババアがしぶとくって、なかなか吐かないんすよ」

〈なにやってんですか……皆さん、聞いて下さい〉

五十嵐の通話相手は、明らかにぼく達に向かって声を張り上げました。五十嵐はスマホを耳から離してぼく達に向けます。

〈聞こえてますね、皆さーん？〉

「はいっ」

まるで校長の訓話を校内放送で聞いている小学生のように、ぼく達は直立不動になって返事をしました。

〈いいですか、金を取らないと皆さんのバイト代もありません。そのつもりでガンガンやって下さい。力を合わせてジジイとババアを痛めつけて下さいね。一人だけサボろうなんて人にはバイト代は絶対に払いません。働かざる者食うべからずです。その家に金があることは分かってるんですから、真面目に、本気で取り組んで下さいね〉

「はいっ」

通話が切れました。

男の子は虫の息といった様子で、「パパ、ママ……」とか「お祖父ちゃん、お祖母《ばあ》ちゃん……」とか繰り返しています。

五十嵐はスマホをしまい、畳の上で呻いている老夫婦を見下ろして、

「いいか、もう一度訊くぞ。金はどこだ」

老婆が啜り泣きながら答えます。

「台所のエプロンに私の財布があります。貯金通帳とカードは食器棚の引き出しに――」

五十嵐は激昂《げきこう》し、またも二人を蹴り付けて、

「そんなはした金じゃねえって言ってんだろっ。何回言わせりゃ気が済むんだコノヤロウっ」

老人が叫びました。

「だからそんな金はありません。本当です」

「嘘つけ。土地を売った金が入ったのは調べがついてんだ。おい、なんとか言ってみろよ」

「あんたら、あの金のことを言ってたのか」

ようやく腑《ふ》に落ちたという口調で、

「あれは昨日、息子夫婦に渡しました。その子達の親です」

「デタラメもいいかげんにしやがれ」

「それより、早く救急車を呼んで下さい。今なら絵里奈も助かるかもしれません。金ならなんとしても払いますから、救急車を早く」

「バカ言うな。そんなの呼んだらこっちが捕まるだけだろうが」

「あんたらのことは絶対に喋りません。だから、だからお願いです、早く孫を――」

老人の懇願を無視して、五十嵐は中年とメガネを指差しました。

「おい、おまえら、生きてる方のガキを痛めつけろ。そしたらジジイもババアも少しは気が変わるだろ」

「はいっ」

真っ先に飛び出したメガネがサッカーボールでも蹴るように男の子を蹴り飛ばしました。男

の子の体は、廊下を滑り、突き当たりの壁にぶつかって嫌な音を立てました。出遅れた中年男は、蹴り方が少ないとバイト料を減らされるとでも思ったのか、慌てて子供に駆け寄って滅茶《めちゃ》苦茶《くちゃ》に蹴り始めました。

さっきまで「パパ、ママ……」と呻いていた男の子が、今はもう何も言わなくなっています。

「やめろ、孫だけは助けてくれっ」「正樹《まさき》ちゃん、ああっ、正樹ちゃん！」

孫に向かって必死に叫ぶ老夫婦を、五十嵐がまたも怒鳴りつけました。

「やめてほしかったらさっさと金のありかを言えっ」

「だからあの金はないんです。息子夫婦に渡したんです」

「あんな大金だったら、銀行振込にするだろフツー」

鳴咽《おえつ》しながら老人が言いました。

「振込にしたら記録が残って贈与税がかかります。だから手渡しにしたんです。息子夫婦が商売を始めるって言うから畑を売って……贈与税を取られたら開業資金にはとても足りません」

「ごまかそうったってそうはいかねえ」

「ごまかしたりなんかしてません、本当です。お願いです、早く救急車を呼んで下さい。絵里奈と正樹だけでも早く……」

「おい、今度はおまえらがやれ」

ぼくと菊地に向かい、五十嵐が老夫婦を顎で示しました。

ぼくらは即座に老夫婦に跳びかかりました。さっきも書きました通り、そのときのぼくは普通の状態ではありません。菊地もメガネも中年も、異様な熱気に当てられてハイになっているようでした。

「とっとと言えよオラッ」

老婆に馬乗りになった菊地が、軍手を嵌めた拳で相手を殴打しています。ぼくは持っていたモンキーレンチの先端部を老人の口にねじ込み、思い切りかき回しました。それで殴ったりしたら、金の隠し場所を吐く前に死んでしまうと考えたからです。どういうわけか、そんな判断力だけは正常に働いていたようです。老人の口から、数本の歯が弾け飛びました。インプラントか差し歯だったかもしれませんが、どうでもいいことです。口を血だらけにした老人は、身をよじって苦しんでいます。

「本当なんです……金なんて……ないんです……」

言いわけのしようもない暴力なのに、不思議と何も感じませんでした。ただ、〈自分はマニュアルに従ってモンキーレンチを使用している〉という感覚だけがありました。マニュアル通りですから、ぼくの意志は関係ありません。何もかもが〈作業工程〉の一部でしかないのです。コンビニのレジ打ちと同じです。接客態度に気を遣わなくていい分だけ、コンビニよりは気が楽であったかもしれません。

老婆を殴っていた菊地が、息を荒くして五十嵐に告げます。

「このババア、全然吐きません。金は本当にないんじゃないっすか」

「ジジイもです」

モンキーレンチを老人の口に突っ込んだまま、ぼくも五十嵐に報告しました。

「弱ったな……」

そう漏らした五十嵐が、廊下の方に視線を巡らし、「あっ」と声を上げました。ぼくらも反射的にそっちを見ました。

驚いたことに中年がまだ執拗に男児を蹴り続けていました。その横ではメガネが途方に暮れたように立ち尽くしています。こっちは老夫婦を殴るのに夢中で全然気がつきませんでした。

「おい、いつまでやってんだっ」

五十嵐が制止しますが、男には聞こえていないようです。

「バカにしやがって！　どいつもこいつもオレをバカにしやがって！　オレは無職なんかじゃない！　生保なんて受けられるか！　オレは国を愛する日本人なんだ！　外国人みたいなダニどもと一緒にするな！　オレは普通なんだ！」

そんな独り言をずっと繰り返しています。何か変なスイッチが入ったようでした。

「やめろっつってんだろっ」

男に組み付いた五十嵐が、強引に中年を子供から引き離し、廊下の端に投げ飛ばしました。

それからメガネの方を振り返り、

「おまえも何ボケッと見てたんだ。さっさと止めろよ」

「でも僕、そんなこと言われませんでしたし」

メガネは大真面目に答えます。そればかりか、理不尽極まりないことでも言われたかのように、恨めしげな目付きで五十嵐を睨んでさえいます。啞然とした顔で相手を見つめる五十嵐は、もう言葉もないようでした。

大の大人に全力で蹴られ続けた男の子は、もうぴくりともしません。首の角度も、変な方にひどく曲がっているようでした。

廊下に横たわった中年は、ハンマーで床をガンガン叩きながら、「バカにしやがって……バカにしやがって……」と喚いていいます。

中年で、無職で、ネトウヨで、ハゲ。生活保護の受給を勧められている。この男はいわゆる「弱者男性」なのでしょう。異性からはたぶん相手にもされず、結婚の見込みもない。弱者男性とカテゴライズされ、ネット上で揶揄《やゆ》されている。なのに彼にはネットを眺めることでしか社会と接続する手段がない（たぶん）。自分が弱者であるとは絶対に認めない、そして自分が見下す自分自身への罵詈讒謗《ばりざんぼう》をわざわざ覗いて回る毎日。そんなもの見なければいいのに、現代ではバイトを探すのにもスマホは不可欠なのです。手放すわけにはいきません。いろんなコンプレックスやルサンチマンが積み重なり、この異常な状況下で爆発してしまったものと思われます。

ぼくはと言うと、その日最大の衝撃を受け、混乱し、動揺し、すっかり声を失っていました。

オレは普通なんだ！

男の叫んだ言葉です。その言葉が、ぼくを芯から叩きのめしました。

ぼくは普通です。そう思って今日まで生きてきました。しかし、考えてみると、今ハンマーで床を叩きながら子供のように喚いている男と、なんの違いがあるというのでしょう。あるとすれば、それはぼくがまだ若いというだけにすぎません。このままではぼくもあっという間に歳を取り、この男のようになるのは目に見えています。普通なんかじゃありません。普通よりはるかに下の存在です。

急にたまらなく恐くなってきました。

早くなんとかしないと、この男のようになってしまう――

ぼくはそれまで以上に真剣になって老人と老婆を力一杯蹴り付けました。

「金を出せっ！　なんでもいいから金を出せっ！　金が要るんだよ金がっ！」

もう答える力も残っていないのか、二人とも何も言わず、柔らかい丸太のように蹴られるままになっていました。そのときの気持ち悪い感触は、今も足に残っています。

突然、大きな泣き声がして、ぼくは驚いて振り返りました。

泣いているのは、菊地でした。

「もう勘弁して下さい……オレにはこれ以上ムリっす……もう家に帰らせて下さい……」

あの菊地が、子供のようにわんわんと泣いています。ワルぶった普段の顔は、偽りの仮面であったとでも言うのでしょうか。いいえ、彼は間違いなく悪です。社会にとっての害毒です。ただ弱かっただけなんです。その弱さが、ここに来て露呈したのです。

見苦しい。とんでもなく見苦しい。評価するどころか、それまで信頼すらしていなかったのに、ぼくは菊地という男に対して著しく失望しました。彼の全方位的な悪意もまた、彼自身の弱さの裏返しであったにすぎません。小学生の頃からそうでした。何もかも他人のせいにして、その場その場をしのいできた。当時からまったく成長せずに、彼は今日まで来てしまった。そうしたことが、いちどきに、急激に見えてしまったのです。

「泣いてんじゃねえよタコ」

気がついたら、ぼくは菊地の腹に蹴りを入れていました。気色悪い呻きを上げて菊地が体を二つに折って倒れます。「おい……」ととまどいつつ制止する五十嵐の声が聞こえたようにも思いますが、自分でも止められませんでした。

「中学受験で全落ちしたときみたいに、泣いたら済むとでも思ってんのか？　何もかもテメエ自身のせいなんだよ。昔からイキるだけイキっといてよ。散々人を引きずり回して迷惑かけやがって、今さら『帰らせて下さい』だあ？　ざけんじゃねえぞコラ！」

ぼくの罵倒を聞きながら、菊地は倒れたまま体を丸めて泣くばかりです。

「なんだよコレ……」

五十嵐も呆然としています。こうしてみると、最も凶悪に思えた五十嵐が、一番の常識人に見えてくるから不思議なものです。

「しゃあねえなあ……」

一際大きなため息を吐《つ》き、五十嵐はスマホを取り出しました。

「あ、オレっす」

〈金はありましたか〉

「それがですね……」

五十嵐は老人の説明した経緯を手短に告げました。

「……そういうわけで、どうも金はないみたいなんですよ」

〈ないで済むと思ってんのか、え？〉

相手の口調が豹変《ひょうへん》しました。

〈おめえらは子供の使いか。ないからそのまま引き上げようってのか、ああ？〉

「いえ、そんなつもりじゃ……」

〈ジジイのタワゴトに乗せられやがって。そんなことはな、家中探してから報告しろ〉

「え、でもこの家、広すぎてとても——」

〈だからどうした？　今夜の稼ぎがなかったらどうなるか、それくらい分かってんだろ〉

「はい……」

〈だったらさっさとかかれ……他の連中も聞いてるな？　おめえら全員の身許は分かってんだ。手ぶらで戻ったりしたら、おめえらだけじゃねえ、家族まとめて埋めてやる。覚悟してやるんだな〉

今や五十嵐は蒼白《そうはく》になっています。

「今の聞いたな？　じゃあ、二階はおまえとおまえだ」

五十嵐はぼくとメガネを指差しました。

「他の奴はオレと一階を探す。なんでもいい、金目の物があったら残らずかっさらえ。さあ、早く行け」

ぼくはすぐに階段を駆け上りました。メガネも対抗するように追ってきます。

正直、ほっとしていました。五十嵐を除くと一階には菊地と中年男です。どちらも倒れたままで、この二人を立たせるだけでも気力が尽きてしまいそうに思えたからです。

二階に到達したぼく達は、自然と手分けする形で各部屋を調べて回りました。考えてみれば、老夫婦はこの家で生活しているわけですから、土地代金のようなまとまった金がなかったとしても、日々の生活費くらいは置いてあるはずです。高齢者ですから、いわゆるタンス預金やへそくりだってあるかもしれません。それにいくら老婆でも、指輪やネックレスといった金目のアクセくらい持っているでしょう。金持ちですから期待できます。ぼくは一生懸命に探して回りました……と書いていると、やっぱり我ながら冷静すぎるように思えてきました。実際には、目を血走らせて駆けずり回っていたと思います。なんなら、それこそ獣のような咆哮《ほうこう》を上げていたかもしれません。いいえ、上げていたに違いないのです。なにぶん自分のことなので、正確にどうだったか、そこまで覚えていないだけなのです。でもメガネの様子は覚えています。彼は奇妙な唸《うな》り声を上げながら各部屋を回っていました。なので、自分もおそらくは彼と同じ様子だったのだろうなと思ったのです。

結果から言うと、大した収穫はありませんでした。目に付いた収納は片端から開けて中を引っかき回しましたが、ろくな物は見つかりません。ありふれた日用品ばかりで、焦りと怒りでもうどうしようもなくなって、タンスを蹴倒したように思います。二階にはあちこちに置物がありましたが、どれも観光地の土産物に見えて、値打ちのある品かどうか、ぼくには見当も付きません。全部を持って下りようにも、重いしかさばるし、とても運べたものではありませんでした。

唯一、高そうなゴルフセットがあったので、それだけを持っていきました。

「どうだ、なんかあったか」

メガネと一緒に一階に下りた途端、五十嵐に訊かれました。

「何もありません。これだけです」

ぼくは肩に掛けていたゴルフセットを床に下ろしました。メガネは床の間にあった掛け軸を差し出しました。

「なんだこれ？　値打ちもんか」

「分かりません。だけど、他にないので持ってきました」

どこまでも子供のような素直さでメガネは答えました。やはり彼も、普通ではないのでしょう。

ここには普通の人なんて一人もいません。当然でしたね。普通だったら、最初からこんなバイトなんてしませんよね。

「一階には何かありましたか」

怒鳴ろうとした五十嵐の機先を制するつもりがあったわけではありませんが、ぼくはそう尋ねていました。

「こっちはこれだけだ」

五十嵐はリュックサックに入れた通帳やカード類、剝き出しの現金、腕時計、それに数点のバッグや貴金属を示しました。老夫婦の居室が一階にあったこと、それをぼく自身が確認していたことを、そこでようやく思い出しました。精神状態だけでなく、認知や思考もおかしくなっていたようです。

「まあ、何もないよりはマシってとこかな」

疲れ果てた声で五十嵐が言いました。この家に乗り込んだときの猛々《たけだけ》しさは噓のように消えています。まるで急に老け込んだような感じさえしました。

そこへ菊地と中年が相前後してやってきました。さすがに五十嵐はこの場のリーダーだけあって、二人をしゃんと立たせて仕事をさせたようです。

「何もありませんでした」「こっちもだ。なんにもねえ」

菊地の顔には涙の跡がはっきりと残っています。酒焼けしたどす黒い顔色なので、よけいに目立ちます。

中年の方は、目を吊り上げてふて腐れたような態度を崩そうとはしていません。それまで五十嵐に対して敬語だったのが、タメ口に変わっています。

「何もなかったで済むかよ。おまえら、ちゃんと探したのか」

五十嵐が叱りつけた途端、中年男が顎を突き出して、

「あんたさあ、オレより年下のクセして、さっきから何えばってんだよ？」

「はあ？」

突如スゴみ始めた中年男の言動に理解が追いつかないのか、五十嵐が首を傾げます。

「大体さあ、あんたらの計画がちゃんとしてねえからこんなことになっちまったんだろうがよ。なのに黙って聞いてりゃエラソーなことばっかぬかしやがって。どうしてくれんだよこの責任をよォ。え、なんとか言えよコノヤロー」

五十嵐はなんにも言わずに中年男を殴りました。

中年は背後に吹っ飛んでまたも倒れてしまいました。その腹や顔を、巨漢の五十嵐が全体重を乗せるようにして散々に踏みつけます。

「なんだこのバカは？　こんなカスばっか採用した野郎も絶対に許さねえ」

そう息巻いているのを聞くと、どうやら組織には「採用係」のような人も別にいるようです。

「いくら人がいねえからっつっても、誰でもいいってわけじゃないことくらい分かんだろうがよっ」

なんだか人事課に当たり散らしている中間管理職みたいなことを言っています。

「あの……」

出し抜けにメガネが声を上げました。

「どうした？」

五十嵐やぼく達が振り返ると、彼は老夫婦の方を指差しています。

「この人達、死んでるみたいです。あっちの子供もです」

見ると、全員が死んだように動かなくなっています。実際に死んでいるのでしょう。

「なに他人事みたいに言ってんだよ。第一、ガキが二人とも死んだのはてめえのせいだろうが」

「違います。僕は言われた通りにしただけです。今のは撤回して下さい」

「撤回？」

信じられないといった顔で訊き返す五十嵐に、メガネは憤然と繰り返します。

「そうです、撤回して下さい」

どうかしています。何もかもが。ぼくを含めて。

五十嵐はもう言い返す気力もないようで、両の掌《てのひら》で自分の顔を拭いました。手に誰かの返り血が付いていたらしく、それでなくても恐ろしげな彼の顔が、血まみれでいよいよ不気味な感じになりました。

「しゃあねえ、いいかげん撤収するか」

「でも、このまま引き上げたらぼく達、何かペナルティがあるんじゃないですか」

そう言うと、五十嵐はまたも呆れたように、

「おめえまで何言ってんだ？　さっきの通話聞いてただろ。ペナルティなんて甘いもんじゃね

えよ」

「そんな、じゃあどうすんですか」

「借金してでも俺らが自分で払うしかねえよ」

「『俺ら』って……?」

「オレとおめえと、そいつだよ」

五十嵐がうなだれた菊地を指差します。

「えっ、オレは……」

菊地が何か言いかけましたが、五十嵐に睨まれて黙ってしまいました。

「あいつらはどうすんですか」

ぼくは横目で新顔の二人を見ます。

「知ったこっちゃねえ。あいつらの処分は本部に任す」

本部ってなんですか――そう訊きかけましたが、際どいところで呑み込みました。そういうことを訊いてはいけない。それが最大のルールだったのを思い出したからです。

「だけど、これってそもそも本部の調べが甘かったせいでしょ? だったら――」

「あのな、オレらは会社員じゃねえんだよ。そんな理屈が通用するか。金で済むんならそれに越したことはねえだろ」

「ぼく、これ以上借金なんてできませんよ」

「心配するな。貸してくれる業者さん紹介してやっから」

つまり闇金です。そんなところから借りたりしたらどうなることか。悲惨な未来しか予想できません。

「あの、ぼく……」

「だから心配すんなって。返済は今後の仕事でなんとかなるから。当分はタダ働き同然になるだろうけど、死ぬよりはマシだろ」

闇バイトを続けろということです。常にひとつしか与えられない選択肢は、どうしていつも最悪なのでしょうか。

「よし、じゃあ引き上げるぞ」

リュックを担ぎ直した五十嵐がゴルフセットを持って玄関の方に向かいます。ぼくと菊地は悄然《しょうぜん》とその後に従いました。メガネも黙って付いてきます。

テープでぐるぐる巻きにされた四人の死体について、言及する者は一人もいません。乱雑に散らばった家具や日用品の中に埋もれているせいか、それが人であったという感覚はとっくになくなっていました。

「こいつはどうすんですか」

五十嵐に踏みつけられた中年男は、血を吐きながら横たわったままです。立ちたくとも立てないようでした。

「ほっとけ」

極めてそっけなく五十嵐が言い捨てます。

「帰りの運転はオレがやる」

「でも、警察にぼく達のこと話したりしたら……」

「トドメ刺しとけとでも言いたいのか」

「まさか、そんな」

「冗談だよ」

血まみれの顔をした五十嵐は、冗談だと言いつつ自分でもまるで笑わず、

「こいつは何も知らない。オレらまで辿《たど》れねえ仕組みになってんだよ」

だからと言って放置していくのもどうかと思いましたが、こんな奴を担ぐ手間と労力を考えると、まあいいかという気持ちになりました。

五十嵐が玄関のドアノブに手を掛けたとき、バイクの音が近づいてくることに気がつきました。

全員が硬直したようになって息を潜めます。

早く通り過ぎてくれ――心の中でそう祈るばかりでした。他の者もおんなじであったでしょう。

しかしバイクは通り過ぎることなく、この家の前で停まった気配がします。

どういうことだ――全員と顔を見合わせたぼくは、玄関の隅に紐《ひも》でくくられた古新聞の束が積み上げられているのを見つけました。

新聞配達です。高齢者だけに、今どき新聞なんか取っていたのです。それまで気にもしませ

んでしたが、もうそんな時間帯になっていたのです。そう言えば、二階を調べるときに家中の電気を点けたような気がします。消した記憶がないので、電気は点けっぱなしになっていることでしょう。いつもと違うこの家の様子に、新聞配達の人が不審を抱く可能性もあります。もしかしたら、雑木林の陰に駐めたステップワゴンも見られたかもしれません。

「ヤベえ……」

そう呟いた五十嵐が、足音を立てずにそっと廊下へ下がります。ぼく達も当然彼に倣いました。

五十嵐は最初に侵入した部屋に入り、中年男が割った曇りガラスの破れ目から外の様子を窺おうとしています。後に続いたぼく達も、彼の後ろから覗き込みました。

その途端、全員が悲鳴のような声を上げてしまいました。新聞配達の人は、窓が割られていることに気づいたのでしょう。向こうもちょうどこちらを覗き込んだところだったのです。

配達人は仰天して叫び声を上げました。ガラスの割れた屋内から、血だらけで恐ろしげな形相をした大男が覗いていたのです。驚かない方がどうかしてます。

つまり双方が同時に悲鳴を上げた恰好です。配達人は身を翻して逃げ出しました。

「ヤベえっ、逃がすなっ」

ゴルフセットを投げ出した五十嵐が慌てて玄関に回ります。ここで逃がしたら、すぐに通報されるのは明らかです。ぼく達も玄関から表に飛び出しました。外はまだ真っ暗でした。

配達人はバイクに飛び乗って発進しました。新聞配達のバイクはいちいちエンジンを切ったりしません。猛然と迫った五十嵐が飛びつきましたが、ほんの少しの差で逃げられました。しかしあきらめるわけにはいきません。ぼく達は全力疾走で五〇メートルほども追いかけましたが、バイクとでは勝負になりません。バイクはたちまち闇の向こうに消え去りました。

「こっちも車で追いかけましょう」

そう提案しましたが、ぜいぜいと息を弾ませた五十嵐が首を振ります。

「もう間に合わねえ。すぐにバックレるぞ」

ぼく達はそのままステップワゴンに向かいました。運転席に乗り込んだ五十嵐が、ハンドルを叩いて喚きました。

「キーがねえっ！　おいおまえら、さっきの家に戻って運転手のオヤジからキーを取り返してこいっ」

ぼくは真っ先に飛び出しましたが、菊地とメガネが付いてきません。振り返ると、車内の後部座席から腑《ふぬ》抜けたようにこっちを眺めています。

あいつら……

心底怒りが込み上げてきました。こういうときに使えない奴というのは、本当に役に立たないものなのですね。

あの家に駆け戻り、もう一度中に入るのはさすがに勇気が要りました。でも感覚的な恐怖や気持ちの悪さよりは、「早く逃げなければ」という焦りが勝ちました。家の中は当然さっき出たときのままです。テープで巻かれた四つの人体もそのままです。あの中年男も。

ぼくが戻ってきたことを知って、中年男は憐れみを乞うように言いました。

「手を貸してくれ……一人じゃ立てないんだ……」

要求に応じるどころか、答えるだけ無駄というものです。ぼくは何も言わず、中年男のポケットをまさぐりました。ぼくの意図を察した中年男は、口汚く罵りました。

「てめえらだけで逃げようってんだな。最低のクズ野郎だ。そうはいくか、キーは絶対に渡さねえっ」

そして尻のポケットに手を伸ばしました。バカな男です。わざわざキーのありかを教えてくれました。キーを呑み込むとかして処分しようとしたのでしょうけど、ぼくは男の手を踏みつけ、先にキーを奪いました。これでもうここに用はありません。ぼくは男を残してすぐにステップワゴンへと駆け戻りました。

助手席に乗り込み、五十嵐にキーを渡します。彼はすぐに車を出しました。

後部座席を振り返ると、顔をボコボコに腫らした菊地とメガネが啜り泣いていました。五十嵐に殴られたのでしょう。最後まで情けない、どうしようもない連中です。

ぼくはもう何も考えずに、前方の闇を見つめていました。いえ、すでに闇ではありません。夜明けが近づいていて、薄い蒼《あお》に変わっています。

五十嵐も無言で運転しています。助手席でぼくは身じろぎもせず、段々と白くなっていくフロントガラスの先を眺め続けました。道の先はこのまま明るくなっていくでしょう。しかしそれが、少しでも希望の持てるどこかにつながっているとはとても思えませんでした。

嘘です。そんなのは創作です。単なる筆の勢いです。「ぼくは何も考えていなかった」と書くのがより正確であると思います。

ぼくは何も考えていなかった。幼子のような無心さで、ただ夜明けの風景を眺めていたのです。


それからのことは、あなたも知っている通りです。

国道に出てしばらく走ったところで、ぼく達の乗ったステップワゴンはあっさり検問に引っ掛かり、全員逮捕されました。案の定新聞配達の人に通報されたんですね。

闇バイトによる強盗致死。祖父母と幼い孫二人が惨殺される。そんな見出しが新聞や週刊誌にあふれました。拘置所で現物を見ましたから確かです。もう極悪人扱いでしたね。異論はありませんけど。

たまたまお祖父ちゃんとお祖母ちゃんの家に泊まっていたばっかりに、巻き込まれてしまった子供達は本当にかわいそうだと思います。ぼくにだって、それくらいの人間性は残っているんです。あの夜は普通の状態じゃなかっただけなんです。

あの家のご主人、つまりぼく達が殺した老人の名字は「斉藤《さいとう》」というんだそうですね。そんなことすら、捕まった後で初めて知りました。メガネと中年男の名前も刑事さんに教えられましたが、もう忘れてしまいました。記憶するにも値しない名前ですから。

そうだ、中年男がその後内臓破裂か何かで死んだのは覚えています。直接の死因は五十嵐に滅茶苦茶に踏みつけられたことですけど、最後までどうでもいい人生だったんだなあと思いました。

五十嵐の背後関係も警察が厳しく捜査しているようですね。電話で指示を与えていた男は今も逃走中だと聞きました。しかも、その男の上にはさらに別の指示役が何人もいるそうじゃないですか。関係者が全員逮捕されるどころか、割り出すことさえ難しいとも聞きました。週刊誌の記事によると、逃走中の男はすでに殺されている可能性が高いとか。

ああ、それはあなたの書いた記事でしたね。今手許《てもと》のコピーを確認しました。失礼しました。

五十嵐はもちろん死刑。

子供を殺したメガネも死刑。ただし弁護側は心神耗弱がどうとか言っているそうですが、詳細は知りません。

ぼくも菊地も死刑を求刑されていますが、未だ確定はしていません。でも、間もなくそれで決まるでしょう。あの見苦しい菊地のことですから、間違いなく控訴すると思いますけど、少なくともぼくは受け入れるつもりです。潔いとか、罪を悔いてとか、そういうことではありません。単純に、ぼくは疲れたんです。受験だとか、就活だとか、転職だとか、奨学金だとか、死刑になればそういうものから解放されます。いっそさっぱりした気分です。

今にして思えば、ぼくはそれらにどれほど追い立てられてきたことか。世間の価値観に従って生きることを「普通」と呼ぶのだとしたら、ぼくはひとえに普通でいたかっただけなんです。「落ちこぼれ」って、普通でなくなるって意味ですよね？　今もほとんどの家庭や学校では「落ちこぼれるな」、いや、「落ちこぼれをなくそう」かな、そんなふうに言われているはずです。だから普通でなくなるのが恐いんです、ぼく達は。

普通でないと損をします。損をするくらいなら、もう死んだ方がいい。いつの間にか、そう考えるようになっていたんですね。

勘違いしないで下さい。

それが間違っていたとは、今も思っていないんです。

こんな世の中で長生きしたって、別にいいことなんかないじゃないですか。だから未練はないし、生きていても仕方がない。親ガチャに成功して最初から上流にいる人達は別ですよ。でもそうじゃなかったぼく達は、いくら努力したって先は知れてるわけです。幼稚園のお受験に始まって、心身を削り取られるような就職活動。その後は気楽に適当に、と思っていても、結果を常に出していなければいつリストラされるか分からない。労働法なんて、経営者にだけ都合のいい抜け穴だらけです。

ゲームとかスポーツとか、何か趣味がある人はいいですよ。そのためにいろんなことを我慢して生きていけますから。それが恋愛であったり、結婚であったり、家族であったりしてもいい。ぼくだって、普通に生きていければいいって思ってましたから。その結果がこのありさまです。気づいてみたら極悪人の死刑囚だ。

思えばあの中年男にもメガネにも、もっと違った人生があったかもしれない。でもほんの些《さ》細《さい》なきっかけで、いつの間にか奈落の底でもがいている。

世の中にはこんなにも落とし穴が隠されてる。いつ誰が落ちてもおかしくない。なのにみんな平気で生きている。今のぼくにはそれが不思議でなりません。

ここは本当に落ち着きます。だって、これ以上損をして、これ以上落ちる心配がないわけですから。二週間遅れですが、新聞や雑誌だって読めます。人間、スマホがなくても生きていけるんです。驚いたことに。それは自分にとってかなり大きな発見でした。

新聞や雑誌の記事によると、ぼくが関わってしまったようなバイトは、今も増え続ける一方だとのことです。おかしいとは思いませんか。普通に考えたら、まがりなりにも高等教育を受けた人間が、そんな安直な罠に引っ掛かって、安易な犯罪に走るわけがないでしょう。ぼくだって昔はそう考えていました。ところが現実はそうじゃない。かく言うぼく自身がとんでもない罪を犯してしまった。一体どこで間違ったのでしょう。思うにこれは、個人のせいじゃない。義務教育の在り方からして間違っていたとしか考えられません。つまりは社会のせいなのです。

慌てて付け加えますが、決して自分の責任を逃れようとか、転嫁しようとか思って言っているわけではありません。こんな世の中はどこかがおかしい。そして誰もが被害者でありながら、誰もが加害者ともなり得る。端的に言って地獄です。

親ガチャなんて言葉自体、本当なら存在してはいけないはずなんです。ところが、世の中を動かす政治家だって、親の地盤を引き継いだ二世、三世ばっかりです。四世だっていて、ほとんどの国民がそれを当たり前として受け入れている。そんな政治家が、自分達の損になるように本気で世の中を変えるはずなんてないでしょう。世の中が自ずと悪くなるわけです。

数々のどうしようもない理不尽を当たり前のように受け入れているから、ぼく達は自然と苦しくなる。だから闇バイトに職を求める者が跡を絶たない。断言してもいいですが、これからもこういう犯罪は増えることはあっても減ったりはしないと思います。ぼく達の事件だって、報道された直後にはこう言われていたそうですね――「あれは外国人の仕業だ」と。

五十嵐やメガネ達の国籍は知りませんが、少なくともぼくや菊地は外国人でもなんでもありません。ちゃんとした国籍を持つ日本人です。なのに、明日にも闇バイトに走りそうな連中が、それ見たことかとネットでヘイトを繰り広げる。根拠のないデマを拡散する。そして憎しみだけが爆発的に増殖する。どっちを向いても地獄です。

あなたも分かっているんでしょう?

普通なら分かりますよね。でもほとんどの国民は分からない。もしくは分からないふりをする。

つまり、みんなもう普通じゃないんです。

闇バイトに関わって、実行役になって、人を殺して、ぼくが本当に恐ろしいと思ったのは、実はそのことなんです。

〈普通〉なんてどこにもない。その真実が、ぼくは何より恐ろしい。

ぼくのような、末端のつまらない実行役に、事態の全貌なんて分かるわけがない。それを知っていながら、一個人に理由を求めようとする。ぼくに寄り添うようなふりをする。それを欺《ぎ》瞞《まん》と呼ぶのです。

ここまで書いてきて、ようやく自分でも分かりました。

ぼくがあなたの求めに応じる気になったのも、その欺瞞を、あなたとあなたの属する社会に突きつけ、問い質してみたかったからなのだと。

あなたがどう答えるのか。あるいはそれを無視して、当たり障りのない記事にするのか。または企画自体をボツにするのか。

いずれであっても、最初の手紙の冒頭に書いた「答え」が見つかった気分です。

あなたがどういうリアクションを取ったとしても、ぼくにはもうどうでもいいことです。なにしろぼくは、死刑になるのですから。

未練がない、生きていても仕方がないというのはさっきも書きましたね。

でも最後に、もう一度だけ言わせて下さい。

ぼくは本当に、普通でありたかっただけなんです。

ジャーナリスト・松井達行《まついたつゆき》による覚書

川辺優人死刑囚から届けられた三通目の手紙を読み終えたとき、私は深く考え込んでしまったことをまず告白しておこう。

考え込んだというのは他でもない、この手紙を出版すべきかどうかについてである。

その理由として、まず第一に、「(後述するある要因から) 出版に値するものかどうか判断が難しい」ということ。第二に、「書き手である被告の身勝手な言い分を無責任に世に出していいのか」。第三に、「私が書き手に求めたものとは、本来の意図において異なっている」という点が挙げられる。

就中《なかんずく》最大の理由は、第三の理由とも関連しているのだが、書き手自身が全体の終盤に記している通りである。いかなる形であれ、この三通の手紙を公表することは、自己正当化につながりかねない書き手の言い分を無条件で認めることになってしまわないか。もちろん、いみじくも書き手が指摘したような、自らの内なる欺瞞をいたずらに否定するものでは決してない。とは言え、それをただ全面的に受け容れるだけであっては、ジャーナリストとしての敗北を意味するのではないか。そんなふうにも考えたのだ。

川辺優人は、世間を騒がせた「柏市強盗殺人事件」の実行犯の一人である。本人も述べていたように、死刑判決に対して控訴せず、東京拘置所で今も執行の時を待っている。またこれも彼が予言した通り、闇バイトによる凶悪犯罪は今日に至るも途切れることなく続いている。

当時の私は、十年以上にわたって勤めた大手新聞社を辞め、フリーのジャーナリストに転向したばかりであった。新聞社では、二十代から三十代にかけての若手がなぜか――そう、なぜか――どんどん辞めていき、人手が不足する一方だった。そのため雑多な仕事まで否応なく押し付けられ、腰を据えた取材ができるような環境ではなくなっていた。このままではジャーナリストとして名を成すことができないと考えた私は、悩んだ末、フリーで活動する道を選んだのである。当然ながらそれは相当に険しい道で、記者時代以上に鬱屈の日々を強いられた。

社会で思うように活動するためには、一日も早くなんらかの実績を上げる必要がある。折から頻発していた闇バイトによる一連の事件に注目した私は、その全貌解明に迫ろうと試みた。闇バイトの犯罪はなぜ起きるのか。すぐ捕まると分かっていながら一向に減らないのはどうしてなのか。その理由を解明することができれば、自らの評価につながり、社会的にも大きく貢献できるだろうと考えたのだ。

しかし直接面会できる相手は限られていて、犯人達との接触は主に手紙によるしかなかった。そこで逮捕された被疑者達に片端から質問の手紙を出したというわけである。

質問の内容を簡潔に記すと、組織を構成する具体的な人間関係、あれだけ報道されているにもかかわらずリスクの高い闇バイトに携わるに至った理由、その際の心理的社会的状況、それらに関係しているすべてについて教えてほしいというものだった。

もちろん居丈高に質問を切り出すような文面ではなく、相手の状況に応じてできる限り誠意ある依頼を心掛けたつもりだが、ありていに言って返信はそう多くなかった。彼らのもとに同様の依頼状が殺到していたからである。当然ながら、彼らは極力著名なライターや媒体を選ぼうとする。私のような実績のない、無名に近いジャーナリストは後回しというわけだ。

それでも返事をよこしてくれる者は何人かいたのだが、その多くは紋切り型の悔悛《かいしゅん》を書き連ねるばかりで、あわよくば情状酌量をと狙っているのが言外に窺えた。

そんな中で、目を引いたのが川辺優人からの返信だった。彼は末端の実行役にすぎず、組織の全容について知る立場になかったことは公判でも明らかにされている。率直に言って、彼から得られる情報に期待はしていなかった。取材対象者の一人として半ば機械的に手紙を投函《とうかん》したのだった。

案の定返信はなかったので、すっかり忘れていた頃に、東京拘置所から分厚い封筒が届けられた。大学ノートに鉛筆の几帳面《きちょうめん》な字でしたためられていたのが、「第一の手紙」である。

まず予想外の分量に驚き、次いで内容に困惑した。

私は確かに「関係しているすべてについて教えてほしい」と依頼した。しかし犯人達の、幼少期からの回顧譚など求めたつもりはまるでなかった。考えてもみてほしい。川辺優人は重大犯罪の犯人だが決して主役などではなく、〈その他大勢〉の一人と言ってもいい程度の存在だ（以上は私の予断に対する自己弁明でもある）。それでも読み進めるに従い、ジャーナリストとしての勘のようなものが働き始めた。一般の読者に分かりやすく書くと、「これは案外、事件の本質に関係しているのではないか」という気がしてきたのだ。

手紙の中で、川辺優人は小学五年生のときに教師から作文がうまいと褒められたエピソードを記している。実際に、彼には文章を書く才能があったようだ。とは言え、抜きん出て優れているというほどではない。あくまで「人並みよりは上」という程度だ。本人はその才能を伸ばそうと努力するどころか、露骨に隠そうとしていたので、そのせいもあったかとは思う。それでも、おそらくは自身の記憶をそのままに書き写す能力は、読む者をして大いに引き込む効果があったことは認めねばならないだろう。何より私自身が、次第にのめり込むように読んでしまった。読み終えた時点で、私の直感はますます強固なものとなっていた。それどころか、場合によっては取材方針を多少変更してもいいとさえ思った。すなわち、「普通の人がどうして闇バイトの罠に嵌まってしまったのか」、その経緯をレポートすることにより、被告人の心情を理解することができるのではと考えたのである。

そこで私は、彼に感想を書き送り、「ぜひ続きを読みたい」と促した。

今度もすぐには返事が来なかった。その間に私は、第一の手紙に登場する、川辺優人の小学生時代を知る者を当たって回った。よくテレビのニュース番組で、被疑者の自称知人あるいは友人が顔を隠してインタビューに答えているが、それも事件直後だけのことで、内容も通り一遍のものでしかない。そんなありきたりのインタビューではなく、川辺優人という人物について深く知りたいという、時機を逸した私の取材は、幸いにも通常程度には受け容れられた。

最初に会ったのは川辺優人の両親である。しかし父親の義昭氏は取材拒否の姿勢を徹底して崩さなかった。母親の絵美子氏は多少の時間を割いてくれたが、すべてを元夫の責任であると非難するばかりで、新たな情報はほとんど聞き出せなかった。二人の態度はある意味、手紙で描写されていた両親の人物像を覆すものでなかったことはあえて付言しておきたい。

次いで私は、小学校の関係者や同級生達に当たってみた。当時を知る教師達の態度や話しぶりは、義昭氏や絵美子氏同様、川辺優人の観察眼の確かさを裏付けるだけだった。

また「藪井」と記されていた同級生の渡瀬亜衣《わたせあい》（旧姓藪井）は、現在ネイルサロンに勤務しており、川辺優人についての記憶、思い出、印象といったものは「マジほとんどない」ということだった。他の級友達も似たり寄ったりで、覚えている者も「ごく普通の人って印象だった」と口を揃えるばかりであった。期せずして、川辺優人本人が意図してふるまった通りの結果となったのである。誰の印象にも残らない、ゆえに誰からも悪くは言われない。まさに川辺自身が理想とした在り方だ。私は考える。誰からも悪く言われないということは、逆に言えば、誰からもよく言われないということではないかと。現に「川辺優人と特に親しかった」という人は最後まで見つけることができなかった。

これは私の主観でしかないので、ここで述べるのは相当に慎重を要するのだが、このとき取材した教師、級友達も、川辺優人と同じく「普通」すぎる印象を受けた。皆悪人などでないのは明らかだ。かと言って、川辺優人とどこが違うかと問われると、私にはなんの答えも見出せない。むしろ渡瀬亜衣の一種時代錯誤的なはすっぱさが、私にはとても好ましく思われた。

ともあれ、こうした取材により手紙の内容がほぼ事実であると裏付けられたことは、充分な収穫であると言っていいだろう。私は日々の雑事に追われつつ川辺優人からの返事を待った。やがて前回よりも分厚い「第二の手紙」が届いた。すっかり待ちわびていた私は、貪るようにこれを読み耽った。

その結果、私はさらなる迷宮に踏み入ってしまったことを自覚した。

第二の手紙では、さまざまな事件についての詳細が記されている。「トー横の守護神」事件は記憶しておられる方も多いのではないかと推察する。だが、あの事件と柏市強盗殺人事件との関連はご存じない方が大半だろう。私は川辺優人に関する裁判記録を閲覧していたため、山本颯太・通称「ケーシン」との関係については知っていた。大部の記録文書の中に初めてその名を見出したとき、正直に言うと驚きのあまりページをめくる手が暫《しば》し止まってしまったほどである。

ケーシンのような人間に遭遇したことによって、川辺優人が不本意な道を歩まざるを得なくなり、やがては闇バイトに行き着いた――そう結論づけるのは容易であるし、第二の手紙を読んだ当初は、単行本の構成や章タイトルまで浮かんできたくらいである。

こういう言い方はしたくないが、この「分かりやすさ」こそが売れるコツであると（当時は）信じて疑わなかった。その意味では期待以上の大魚を釣り上げた思いで、少々気は早いが原稿執筆に着手しようとさえした。

しかし、何かがそれをためらわせた。

川辺本人の言うように、「ただツイてなかった」だけとはどうしても思えなかったからだ。確かにケーシンに関わってしまったのは、とんでもない不運としか言いようがない。その点においては、川辺優人に同情を覚える。

またも印象論で恐縮なのだが、この第二の手紙を読み返すにつれ、川辺優人という人物に対し、どこまでも曖昧で不鮮明な感触、しいて表現すれば浅薄な印象を抱くようになっていったのだ。川辺は人生の要所要所で大きな選択を迫られる。そのつど彼は、決まって最悪の選択をしてしまう。本人は何度も「他に選択肢はなかった」と述べているが、果たして本当にそうなのだろうか。何かもっと賢明で、良識的な判断ができたのではないか。そう思わずにはいられない。「普通であること」をあそこまで執拗に望んでいたはずの彼が、どうして「普通でない」選択をしてしまうのか。そもそも彼の言う「普通」とはなんなのか。

そうしたことの一切が分からなくなってしまった。

私はジャーナリストであって哲学者ではない。ともかくも行動あるのみと考え取材に奔走した。まずは最大のキーパーソンとも言うべき「ケーシン」こと山本颯太である。彼はすでに刑期満了で出所しているが、現在の行方は杳《よう》として知れない。少なくとも私程度の取材力では短期間で探し出すことは叶わなかった。一説には、準暴力団との間でトラブルになり、すでに殺されているというが真偽のほどは定かでない。トー横には今も多くの少年少女が集っている。試みに「ケーシンを知っているか」と彼らに尋ねてみたところ、ほとんどの者が知らなかった。今は別の人間が「トー横の守護神」として名を馳《は》せており、まるでケーシンなど実在しなかったかのような錯覚に陥った。しかし彼がかつてトー横に君臨していたことは間違いない。トー横という場所に、悪意の爪痕だけを残し、闇に呑《の》まれた如《ごと》くに消え去ったのだ。

もう一人のキーパーソンである高井戸良介は、関西の地方都市で飲食店を営んでいた。太ったせいか外見がかなり変貌しており、腹の突き出た中年らしい風貌となっていて、報道等でよく目にした当時の写真とはまるで別人であった。結婚して名字を妻のものに変え、経歴を完全に隠しているようである。店の終業を待って取材を申し込むと、彼は過去の一切を否定したばかりか、地元暴力団の名を挙げてこちらを威嚇しにかかった。そのため取材は叶わなかったが、川辺優人の描写する人物像がまたしても正しく補強されたような感触を受けた。

それからゼミスラ・コーポレーションの関係者にも話を聞いた。具体的には、当時の上司であった戸ヶ崎氏、同期にして同僚であった中山、関口、新田、野々村の各氏である。川辺と交際していたという野々村氏への取材にはことのほか慎重を期したことは言うまでもない。実際に会ってみると、例えば中山氏など、いかにも頭脳明晰《めいせき》な切れ者といった雰囲気の人物で、その点においても川辺の観察力、描写力の確かさを再認識させられた。

彼らの話は概ね一致していて、川辺は一見「ごく普通」の人物であったという。批判的なことを口にする者は一人もおらず、「変な事件に巻き込まれてかわいそうだった」という同情を口にする者さえいたくらいである。戸ヶ崎氏に至っては、「確かに強い口調で叱ったことはあるが、あのまま辞めないでいてくれれば貴重な戦力になったと思う」とまで語っていた。

しかし川辺優人はこの職場を辞めてしまった。「もっと自分の実力を生かせる会社があるのではないか」「自分の実力を認めない会社になどいても意味はない」と。

ここで私は引っ掛かった。川辺は「普通」を求めていたのではなかったか。なのにその行動からは自分の実力を過信している様子が見て取れる。「皆の前で褒められたくない」と言っていた男が、同じ口で承認欲求を自白しているのだ。川辺と中山氏らとの違いは、その矛盾に対し、誠実に向き合う精神の有無であったのではないか。私はそんな仮説を立ててみた。

取材に応じてくれた中山氏らに対して非礼を承知で書くと、川辺と彼らとの間に、能力やメンタリティといった点においてさほどの差はなかったのではないか。それは上司であった戸ヶ崎氏の言っていたこととも一致する。それでも川辺は、せっかく入社した有名企業を辞めてしまった。やはりそこに、川辺優人という人物、ひいては、闇バイトに流れ着いてしまう者達に共通する気質のようなものがあるのではないか。

手がかりになり得ると感じたのは、元交際相手でもあった野々村氏の証言である。

「普通の人だなんて思いませんでした。だって、本当に普通だったらわざわざあの人と付き合ったりしませんから。普通以上の魅力を感じたから交際することにしたんです」かつて交際していたという事実を率直に認めた上で、彼女は最初にそう言った。それから少し考え込んで、「でも、そのうち物足りないっていうか、もどかしいなって感じるようになったんです。だってあの人、いつもどこか引いてるっていうか、他人事みたいっていうか……私はもうそれこそ全力でやってるのに、にこにこしてるばっかりで。『もっと真剣にやったらどう？　それだけの力はあるんだから』って口に出して言ったことが何度もあります。でもピンと来てなかったみたいで……それで結局別れることに決めたんです」

能力がありながら、本気でそれを発揮しようとはせず、ただ「いい人」でいた男。そこに彼の、臆病な優越感を見て取るのは穿《うが》ちすぎだろうか。

最後に、第三の手紙。

今度の待ち時間は長かった。なんらかの理由——例えば私からの手紙にあった文言が不愉快であったとか——で獄中の川辺の気が変わり、もう二度と手紙など来ないのではないかと不安を覚えたくらいである。散々気を揉《も》んだ末、手紙はようやく私の手許に届けられた。一読して、私は冒頭に記したような混乱と逡巡《しゅんじゅん》に陥ったというわけだ。

被害者や遺族に対する謝罪が一切なかったのは予想通りであるとしても、川辺本人が最も力を入れて書いたであろう柏市での四人殺害の一部始終は、裁判記録でほぼ明らかにされており、不謹慎な言い方になるが私の興味を引くような新事実は何もなかった。それよりも私が注目したのは、社会に対する川辺の見解が漏れ出ている箇所である。そこには「消極的な怨嗟《えんさ》」とでもいうべきものが色濃く感じられた。あえて「消極的」と記したのは、川辺本人が社会の不公正に対して抵抗する姿勢を最後まで見せようとはしなかったからだ。

彼は選挙など行ったことがないと、どこか誇らしげに明言する。体制が不公正であると知りながら、素直に従い、反抗するという発想を持たない。と言うより、そうした発想を嫌い、避けようとする。もしくは嘲笑し、愚弄する。他人によく思われたいと願いながら、無意識的に他人を見下してもいる。言わば無自覚な冷酷さだ。

それこそが川辺優人という人物の最大の特徴なのではないか。

それこそが川辺優人の言う「普通」なのではないか。

現に彼は、選挙に行かない自己の理屈を、「他の人だっておんなじでしょう」と根拠なく言い放って疑いもしない。

そう考えれば、川辺優人の手紙から感じた、いくら捉えようとしても指の間からすり抜けていくような、実体のない気味の悪さも説明が付くように思った。自らの罪として死刑判決を受け容れているにもかかわらず、彼の手紙にはどこまでも他責的な臭いが付きまとう。それは取りも直さず、私が求めていた「なぜ闇バイトの犯罪が止まらないのか」という根本的な疑問の答えになっているような気がしたのである。

しかし、それもまた牽強付会《けんきょうふかい》にすぎると言われれば一言もない。川辺優人のパーソナリティを、闇バイトの実行犯全体に敷衍《ふえん》するのはどう考えても無理がある。川辺の言う「メガネ」も「中年男」も、それぞれ違った背景を持ち、違った入り口から犯行に参加しているからだ。

闇バイトは絶えず進化し、自らの形態を変化させ続けている。現在は実行役確保の入り口として完全にホワイトなバイト募集を擬装し、応募してきた人間の個人情報を押さえてから、「命令通りにしないと家族を殺す」と脅して犯罪を強要する手口が主流である。柏市の事件、すなわち川辺優人の事件発生時においても、そうした手法が使用された事例は無数にあった。

そして今この瞬間にも、特殊詐欺や闇バイトの手法が急激な進化を遂げていることは想像に難くない。

それでも私は、川辺優人が求め続けた「普通」の中に、ある世代に特有の価値観を見出さずにはいられない。果たしてそれがなんなのか、明確に言語化できなかったとしてもである。

ここで冒頭に記した課題に戻る。川辺優人の手紙を出版すべきか否か。

私がためらった第一の理由、その要因はもはや明らかだろう。つまり、川辺優人の曰《いわ》く言い難い「薄っぺらさ」である。

急いで白状しておくと、私は川辺を便宜的に「薄っぺらい」と評しているが、実はそう言い切っていいのかさえ自信が持てずにいる。

私が最も危惧したのは、その「薄っぺらさ」、もしくは川辺の言う「普通」の正体を、少しでも言語化しておかないと、「売れない」どころか、肝心な要素が読者に伝わらず、ノンフィクションとしての体を成さないのではないかということだ。

そこで私は、かねてより信頼する同年代の編集者O氏に手紙を見せ、意見を乞うた。

「薄っぺらいですね。えらく薄っぺらい」

それが彼の第一声だった。しかも彼の表情はいつになく暗澹《あんたん》としたものだった。他人の口から「薄っぺらい」という言葉が出てきたことについて、どういうわけか少しばかり動揺したのを覚えている。

またO氏は続けてこうも言った。

「だけど、なんとなく似てるような気もするんですよ」

似てるって、何に——そう訊き返した私に、彼は言葉を一つ一つ探すようにしながら訥々《とつとつ》と答えてくれた。

「ウチの若い連中……いや、ウチはそこまでじゃないかな……だけど、仕事で会う若い奴ら……世代論なんて意味ないってよく言われますけど、タイパとかを一番に気にするような今の若いのに共通する、なんて言うか、その、世代論なんかで簡単にくくれないような断絶感というか、異質感みたいな……」

それこそがまさに世代論ではないかと問うと、彼はわずかに頷いて、

「そうですね……もしかしたら、『世代』と言うより、『時代』と言った方が近いかもしれません」

今度は私も首肯できた。そのゆえに、対話として続けるべき言葉を何も見出せなかった。

O氏はというと、愚にも付かない原稿を持ち込まれたときとは違って、川辺の手紙をテーブルの上に投げ出すどころか、両手につかんだまま、いつまでも手放そうとはしなかった。

書き手の「薄っぺらさ」が伝わってくるにもかかわらず、我々はその「薄さ」自体が発する〈何か〉に慄然としている。その〈何か〉が闇バイトに直結しているか否かは措《お》くとしても、もしかしたら、それこそが川辺優人の伝えようとした、我々と我々の暮らす社会の「欺瞞」であり、「時代」と「普通」の真の姿であるのかもしれない。

私とO氏がともに抱いた根源的な恐怖。それは、今すぐにでもその〈何か〉を解明しなければ、明日闇バイトに応募しているのは私自身かもしれないという予感である。

そうなのだ。ここに来て、私は我と我が身を振り返らずにはいられなかった。

自らの技量を客観視できずに新聞社を辞め、ジャーナリストとしての成功をつかもうと焦っていた自分。浅はかにも、凶悪事件の実行犯の心情に寄り添えるなどと夢想した自分。真実を追究するジャーナリストとなった自画像を思い描いていた自分。川辺優人とは、鏡に映った私自身の似姿であるように感じられてきたからだ。さらに突き詰めて顧みれば、実体のない優越感、他者への無自覚な冷酷が、知らず知らず、胸の〈底〉に沈殿していなかったとは言い切れないことに思い至る。

根拠のない妄想と笑ってもらっても構わない。だが、私もO氏も、そしてあなたも、川辺優人と同じ時代に生きていることだけは確かなのだ。

社会的に炎上せず、叩かれることもない「普通」を望みながら、大衆に埋没するだけの「凡庸」である自己は認められない。親ガチャに代表される他責思考。そんな精神性を持ち合わせないと断言できる人が、今の時代、果たしてどれだけいることだろう。いや、自分は決してそうではないと強弁する人はいくらでもいるはずだ。そんな人が、闇バイトの奈落と不意に出くわしてしまったときにどう行動するか、誰にも予測などできはしない。たとえその人の心がどんなに強いものであったとしても、イソップ童話の北風よりも激しい時代の風が、人を奈落へ奈落へと押しやっているのだから。

かくして私は、川辺優人からの手紙を持ったまま、出版すべきか否か、今も迷い続けている次第である。

本書は書き下ろしです。

月村了衛（つきむら・りょうえ）
１９６３年大阪府生まれ。早稲田大学第一文学部文芸学科卒業。２０１０年、『機龍警察』で小説家デビュー。２０１２年に『機龍警察 自爆条項』で第33回日本SF大賞、２０１３年に『機龍警察 暗黒市場』で第34回吉川英治文学新人賞、２０１５年に『コルトM１８５１残月』で第17回大藪春彦賞、『土漠の花』で第68回日本推理作家協会賞長編および連作短編集部門、２０１９年に『欺す衆生』で第10回山田風太郎賞を受賞。他の著書に『悪の五輪』『対決』『虚の伽藍』『おぼろ迷宮』などがある。

普通《ふつう》の底《そこ》

二〇二五年四月二一日　第一刷発行

著者　月村了衛《つきむらりょうえ》
発行者　篠木和久
発行所　株式会社講談社
〒112-8001　東京都文京区音羽二-一二-二一
電話　出版　〇三-五三九五-三五〇五
販売　〇三-五三九五-五八一七
業務　〇三-五三九五-三六一五

本文データ制作　講談社デジタル製作
印刷所　株式会社ＫＰＳプロダクツ
製本所　株式会社若林製本工場

Printed in Japan　ISBN978-4-06-539161-7
N.D.C. 913　222p　20cm